ゴー
ゴー
ボーイズ

松尾スズキ

白水社

ゴー
ゴー
ヘブン

ゴーゴーボーイズ　ゴーゴーヘブン

装画　松尾スズキ
装丁　守先正

目次

登場人物

永野ヒロユキ（ルポライター）
トーイ（ゴーゴーボーイ）
オカザキ（ミツコのマネージャー。トーイを演じるものが演じる。）
バグワン（ジャワンガスタン人の通訳）
ワギー（バグワンの兄）
ベティ（女性革命家）
アキ子（日本人活動家）
丸山（日本人活動家）
ハラーシュ（《クラブ・コナジュース》のオーナー）
ピージー（振付師）
パパジ（ゴーゴーボーイズのリーダー）
アンノウン（ゴーゴーボーイ）
映画泥棒（ゴーゴーボーイ）
ビリー・ザ・キッド（ゴーゴーボーイ）
グリズリー・ダイアモンド（ゴーゴーボーイ）
ボールボーイ（ゴーゴーボーイ）
ワンコインマン（ゴーゴーボーイ）

赤井双葉（女優）
林原瑛愛（新人女優）
似池（監督）
緒川（プロデューサー）
大麻吸う太郎（作家）
楪図（スタイリスト）
ディレクター
CA（キャビンアテンダント）
オカザキ？
オカザキ⁇
おばさん
オツーブ（おばさんの息子）

G太夫（語り手）
シャー・バラン（革命家）
アンディ・ジャー（デザイナー）
ヤギ（ヤギであり永野の先輩の八木）
ミツコ（女優）

第一幕

ヤギ三頭の鳴き声が聞こえる。
明るくなる。激しく三味線。
邦楽の高まりと、草原が浮かび上がる。
現代劇のように、あるいは、古典芸能のように。
（〽のマークの散文はG太夫による語りとする）。
人買いの男が三頭の山羊を連れている。
かたや、反対側からスカウトマンが、少年を連れてくる。
契約を済ませたスカウトマンとヤギは去り、少年は、美少年の群れに投げ入れられる。
やたら存在感のあるヤギが一頭、連れていかれるヤギたちに向け、哀しく鳴く。

ヤギ　めえええ！

〽彼方、異国の砂漠の土地で、
三頭の山羊と交換された少年の人生なんて、
ほとんどおもちゃのようであるから、
そこじゃあトーイと名づけられた。
投げ込まれた悪場所《あくばしょ》は、ねじれた夢の吹き溜まり、
《クラブ・コナジュース》。
トーイは、ゴーゴーボーイとなりにけり。

ゴーゴーボーイズ　（トーイを囲んで口々に囁《ささや》く）思ったほど痛くないから……最初だけだからね！

ハラーシュ　離れろ。

クラブのオーナー、片目のドン・ハラーシュと、ピージー、パパジが現われ、トーイを押さえつける。

ハラーシュ　（トーイの尻《しり》をなで）……これがヤギ三頭分の尻か。こりゃあいいぞ！　上玉《じょうだま》だ。トーイ。いい尻が迷子になっちゃいけねえ。しかし、いい尻こそ、迷子になりがちだからやっかいだ。だから少しのあいだ、我慢しろ。尻を剝《む》くぞ！

トーイ　ああ！
ハラーシュ　（尻を剝く）……俺はやかましい男は嫌いだ。（布きれを出して）トーイ。さるぐつわはいるか？
トーイ　……。
パパジ　彼は、支配人のドン・ハラーシュ。名前を憶《おぼ》えて。
トーイ　……ハラーシュ。
ハラーシュ　元軍人なんだ、気をつけてくれ。気位《きぐらい》が高い。

アンノウン、禍々《まがまが》しい機械を持ってくる。

ハラーシュ　いいか？　ここにいることを誇らしく感じる子もいる。屈辱と感じる子もいる。人生に実態はない。感じ方があるだけだ。誇りを持て。さるぐつわはいるか。
ピージー　したほうがいい。
トーイ　……（不敵に）いらない。
ピージー　したほうがいいのに。
ハラーシュ　おまえの尻に、俺のチップを埋め込む。埋め込むんだぞ！
トーイ　……。

ピージー　したほうがいい。絶対したほうがいい。
ハラーシュ　もういい！　やれ、パパジ。
パパジ　これは、リーダーの役目なんだ。ごめんよ、すぐ終わるからね。

パパジ、トーイの裸の尻に機械を打ち付ける。

トーイ　（叫ぶ）あああ！　はあああああっ！
ハラーシュ　やかましい！（トーイをぶつ）
ピージー　だからしたほうがいいと言ったのに。
ハラーシュ　だが、いい鳴き声だった。

尻に赤い痣《あざ》ができる。
笛が鳴く！

ハラーシュ　……これでおまえは逃げられない。どこに行っても、ここにいるのと同じだ。

興奮する少年たち。
ハラーシュ、去る。
遠くで砲撃の音がする。
少年たちが周りを囲む。

ピージー　（少年の一人）トーイ。痛かったかい。僕は、ピージー。振付師だ。少し泣いちゃったね。恥ずかしくないぞ。僕たちも昔叫んだ。どうした？　お化《ば》けじゃないぞ。行こう。ダンスの練習だ。媚《こ》びて。微笑《ほほえ》んで。いたずらしたり？　お？　ときには、誘ったり？　ん？　ふくれっ面《つら》をしたりするんだ。最高なんだ！　……うん。これからだ！　おいおい慣れろ！

トーイ　待って！

音楽。照明が変わり、椅子《いす》が映し出される。

トーイ　（正面を見据えて）……あの椅子は？

ピージー　アンディ・ジャーの椅子。この国、いや、世界で最高のインテリアデザイナーさ。

パパジ　今は、アメリカに亡命中だがね。

トーイ　知ってる！　アンディの大ファンなんだ！

パパジ　涎《よだれ》が出るだろ！　（クルクル回って決めのポーズをとる）僕たちゴーゴーボーイはみんな、あの椅子に憧《あこが》れる。だって、ダンスもしてないのに、あんなに美しいものがあるんだぜ。

トーイ　アンディ・ジャーの、椅子。

また別の明かりになると、座りづらそうな椅子に座った永野《ながの》と、ベッドで横座りのミツコが浮かび上がる。

二人は、スカイプで話しているようだ。

永野の横には、奇天烈《きてれつ》なファッションの女、丸山とアキ子が座っている。

〽女は東京のど真ん中。
東シーナ海をはさんで、男はアジアの地の果て、
ジャワンガスタンの安ホテル。
千と五百里をスカイプがつなぎ、
ふたつに離れて、一つの夫婦。
思い煩《わずら》う、それぞれのおのれ。

永野　（パソコンに向かい）何？

ミツコ　（パソコンに向かい）ずっと、もっそもそしてるけど、大丈夫、お尻？

永野　難しい。なんだろう。この国の椅子。どれも座り方に正解が見えない。参《まい》ってるよ。うん。……で？

ミツコ　今日、プロデューサーに会ったの。少し飲んだ。もちろん、他にスタッフもいたけど。ほら、前の現場で一緒だったスタイリストの楳図《うめず》さんとか。

永野　そう……つまり仕事に復帰するってこと？　そんなふうに、考えればいいのかな？

ミツコ　あなたが日本にいないあいだを狙ったわけじゃないわよ。

永野　ん？　狙ったって？

ミツコ　いや、あなたがそっち行った次の日だから。これは、もっと前から決めてたの。びっくりしたわよ、急に成田《なりた》から電話かけてくるんだもの。

永野　ああ、いや、そ、なに、うん。ああ。え？

ミツコ　なに？

永野　急に日本を出たのは、悪いとは思ってるけど、俺、そんな、醜《みにく》いこと言わないよ？　狙《ねら》ったなんて。

ミツコ　そう。そうね、言わないわよ。なんだろう。

永野　なんだろう？（ビールを飲む）

ミツコ　私が映画に復帰するっていうのは。
永野　いち……ごめん。
ミツコ　復帰するっていうのは。
永野　一時的なものじゃないのね？
ミツコ　それはわからない、まだ本決まりじゃないし！　明日、監督と会ってみて、やっぱりこいつあかん、あほちゃうか、ってなるかもしれないもの。
永野　関西の人？　監督。
ミツコ　違うわ。
永野　うん。
ミツコ　関西の人ではない。
永野　そうなんだ。
ミツコ　ええ。
永野　あははは。
ミツコ　……つまり……あなたはあまり、私の女優の仕事をよく思ってなかったから。
永野　（笑！）よく思わないなんて、いや、仮に思ったとしても、そんな失礼なこと、俺は、え？　そんな感じにとってた？

ミツコ　それは？　なに飲んでるの？
永野　え？　キングシンハー。
ミツコ　ああ、ビール。私も飲みたいわね、あれば。
永野　うん。

パパーンと外で破裂音。

ミツコ　なに？　怖《こわ》い音したけど。
永野　パンクでしょ？　今のはたぶん。
ミツコ　ほんとに大丈夫なの？　あなたのいる場所。
永野　この辺は町のはずれだから。
ミツコ　そう。うん。電話だと気にならないけど、映像だとあれね、こっちもなにか一緒に飲まないと、せっかくなのにつまらないような気持ちになるわね。
永野　ああ、そうか、ごめん。
ミツコ　いいの。暑いんでしょ、そっち。
永野　昼はね。夜は、全然日本。

ミツコ　「全然日本」って。
永野　ははは。
ミツコ　……面と向かって話せれば、説明がもっと、スムーズだったかな。ま、私の欲の話なんだけど。
永野　欲？
ミツコ　そういう生々《なまなま》しい話に適さないわね、これ。表情も、タイムラグがあるし。
永野　欲って？
ミツコ　私は、忘れてたの。そのマネージャーの彼に、不意に背中を押されて、それで、思い出したの。欲を。
永野　ああ。こないだ偶然、六本木《ろっぽんぎ》で会ったっていう人？
ミツコ　昔のね。ドラマやってたときの知り合いで。
永野　うん。うん、偶然、町でね……まあ、バッタリ会う町か、六本木なら。
ミツコ　まあ、彼が自分の事務所に、私みたいな女優がいないからぜひ、って、すごく……。けどまあ、私自身にも欲はあったわけだし。いや欲って……。まあ、今からでも、夢、と言い換えたいけど、でも、不意に口から出た言葉のほうが本質的ね。
永野　……夢でいいじゃない夢で。
ミツコ　ベストセラーを書いたあなたからしたら、私みたいな中途半端な女優が夢なんて、あれでしょうし。

永野　いや、違う違う。俺が懸念《けねん》してるのはさ。

ミツコ　うん。

永野　俺がジャワンガスタンに行ったりしていることが、その、君の不安を煽《あお》ったのかな、とか思うよ。急だったしね。でも、政府が自己責任ばかり強調して動こうとしない以上、俺が助けなきゃって。

ミツコ　本気で思ってるのよね？　あなたの先輩のその、人質になった、その。

永野　ヤギさん。

三味線、べベン！

何者かに銃を突き付けられたヤギ、闇に浮かぶ。

ミツコ　編プロ時代の。

永野　うん。そう。居候《いそうろう》とかさせてもらってた。その、恩義のある人なんだ。

ミツコ　その人を救うんでしょ？

永野　本気だよ。騒ぎになるときっとテロリストを刺激するから、マスコミには伏せているけど。

ミツコ　うん。

永野　今、現地の活動家の人たちと彼につながるパイプの根回しをしてて。

ミツコ　うんうん。ごめんなさい。冗談でそんな国行かないわよね。うーん、なんか水でもいいから持ちたいわ。グラス、はないから……ここにたまたまあるわかんないお面でいい？

永野　いいけど、それ、すごくわかんないね。俺が買ってきたやつかしら？

ミツコ　長く暮らしてりゃあ、わかんないお面もベッドの裏から出てくるわよ。ベッドの裏って、すごいのよ。見たことないでしょ？　ねえ、パソコン、ちょっと右に向けてくれる？

永野　え？

ミツコ　……誰かいるの？

丸山《まるやま》とアキ子、一斉《いっせい》にビクッとなる。

永野　ん？　ん？　（笑う）なんで？

ミツコ　いいから、ちょっと。

永野の携帯が鳴る（外国でよく聞く着信音）。

永野　あ、どうしよう。
ミツコ　ノキア？　懐かしい！　そっち、何時だっけ？
永野　八時、夜の。
ミツコ　あ、そんなに違わないのか。こっちは、もうすぐ十二時。そうそう、だから今スカイプしたのは……。
永野　道に迷ってるんだよ。
ミツコ　ン？　誰が？　道に？　え？
永野　ジャワンガスタン人のガイド。ガイドのくせに道に迷ってるの。ちょっと出るよ。いいね、また、すぐ連絡するから（パソコンを閉じる）。
ミツコ　ちょっと！
永野　（携帯の電波が悪いので）あれ。
ミツコ　……（ためいきをついて時計を見る）今、ちょうど、十年目の結婚記念日が終わったわよ。せっかくあなたが欲しがってた寝室用のソファ、買ったのに。レプリカだけど、それなりにしたわ（ミツコ、お面を被《かぶ》る）。

確かに、部屋の隅には布がかかったソファが。

声　そう。

いつのまにか若い男が背後にいて、ミツコの胸を揉《も》みしだきながら首筋にキスをする。

ミツコの場所、そのまま闇に溶け、暗くなる。

永野　丸山《まるやま》さん、お願いだから、映り込まないでもらえます？

丸山　すいません。

永野　お二人のこと説明するのも、スカイプじゃすごい厄介《やっかい》なんで。

アキ子　恰好《かっこう》のことですか？

永野　なぜ、異国の地でシノラーが二人、部屋にいるのかって。そこから話さなきゃいけないし。

丸山　日本人の女がここで安全にすごすのは、大変なんです。

アキ子　いろいろ調査した結果、この国ではシノラーが一番男の性的欲求を刺激しないって結論が出まして。

永野　どこでもそうでしょ。

丸山　不本意ではあるんですよ。私、もともとハマカジなんで。

アキ子　え？　ハマトラじゃなかったの？
丸山　どっちでも正解なのよ。
アキ子　そうだったのね、ごめんなさい。
丸山　ｗｉｋｉ《ウィキ》を見て！　トンチンカンね。
アキ子　まったくだわ。
永野　（携帯の電波を探して）もしもし？　バグワン？　なんだよ、クソ電波！
アキ子　すみませんね。どうしても、ミツコさん見たくて、つい。
丸山　でも、ほんとに、女優さんの旦那さんだったんですね。有名な人だったんでしょ、ねえ、アキ子さん。
アキ子　あたし、大学のとき、二時間サスペンス同好会に入ってたんで、辛島《からしま》ミツコさんが死ぬとこいっぱい見てるんです。
丸山　よく灰皿で殴り殺されてた人ね。昔のちゃんとした応接間には、殴り殺せるタイプの灰皿がきちんとおいてあったから。
アキ子　よく波打ち際に打ち上げられてましたよね。
永野　うふふ。
丸山　やめなさいよ。（永野に）なんで、おやめになったんですか？

永野　それは夫婦のプライベイトなあれなんで。もう、電波これ、もう。
アキ子　ごめんなさい。私たちこっちに来て会う日本人だいたい信じられなくて。みんななんか野心が
すごいじゃないですか。
丸山　正直、最終的に身体《からだ》を求めてくる人が多くて。
永野　その辺、完全に安心してください。で、ほんとに会えるんですね？　ガイドを用意すれば。
……ベティさんに。
丸山・アキ子　（うなずく）

パパーン。今度は発砲の音らしい。

アキ子　いやね。近いわ。
永野　バグワンか!?　今どこ？

別の場所にバグワン、浮かび上がる。
町のどこかで爆音や警報が低く響いている。

バグワン　……聞こえてる。ミスター永野。今聞こえてる。
永野　どこにいる？
バグワン　ペヌンペン通りですね。
永野　ペヌンペン？　道に迷ってるのか？
バグワン　道に迷っている。けど、私が迷っているわけじゃない。
永野　え？　迷ってるんでしょ？
バグワン　迷ってる。けど、私こそ、迷ってない。
永野　じゃ、誰こそが迷っている？
バグワン　ワギー。私の兄のワギー。
永野　兄？　兄がどうした。関係ないだろ。
バグワン　最近の話をしますと、ジャワンガスタン人のガイド雇うとき、基本ダブルになります。二人ね。
　私と、私の兄、ワギー。
永野　ダブル？　聞いてないぞ、そんなの！
バグワン　料金、シングルだから大丈夫。二人で、一人分の仕事。ダブルスタッフ。ペイ、シングル。
　……得したなバカ野郎。
永野　いやいや。一人でいいんだ、それなら！　バカ野郎ってなんだ。

バグワン　いいか？　（ゆっくり）私の兄、ワギーは、私より、さらに休息をとります。
永野　それを聞いてどうしろと！
バグワン　……うん。
永野　「うん」じゃなくて、だったらなおさらにいらないよ、ワギーは。
バグワン　一人だとフルタイム、対応できない。
永野　え？　なぜ？
バグワン　予告なしに仕事のぉ、スタンスが変わることがあるから。
永野　スタンス？
バグワン　つまりですね。仕事に対する……そうね。モチベーション？　これが、予告なしに変わることがあるがな。
永野　えー。
バグワン　だからダブルスタンダード。これが、安全。
永野　なんだかわかんないけど困るなあ。いいからとにかく、来てくれ。チャトチャックのパーフェクトビーチホテルだ。
バグワン　わかった、オーケー、なんとかする。
永野　（電話を切って）捕《つか》まった。

アキ子　現地のガイドが来るなら大丈夫。ベティは英語は喋《しゃべ》れるけど、ね、丸山さん。

丸山　警戒心があるから。

永野　確認しますよ。ベティは、ほんとにラクダハムとのパイプを持ってるんですね？

丸山　（うなずく）反政府運動のジャンヌ・ダルクと言われてる人だから。

永野　会わせてくれますかね。ラクダハムの人間に。

丸山　それは……この国の人ですからねえ。

アキ子　どちらにしても、危険ですよ、ラクダハムは。サザム教原理主義者たちの怖さをご存じですよね。

永野　……まあ。

丸山　人質を救おうなんて、勇気があるのね。

永野　……彼があって、今の自分があるので。

遠くをラクダハムの軍隊が行く。
人質になった（囚人服のようなモノを着せられた）ヤギも歩いている。
踊るラクダハムとヤギ。

〽ラクダハムというのは、反政府ゲリラであり、
彼らはすなわちテロリストのことわりとなるが、
そもそもは、主権国家軍の残党なりて。
クーデターはクーデターで覆せとの意気込みにより、
さらに過激の重ね着になりにけり。

ヤギ （ひざまずかされ、銃を突き付けられている）マイネーム・イズ・八木。八木悠仁《やぎゆうじん》。職業、風俗ライター。主におスケベな店を取材しております。私は今、ラクダハムの本拠地で人質になっています。ジャワンガスタンの少年売春を取材中に拉致《らち》されました。ラクダハムは、日本政府に一億円の身代金を交渉すると言ってます。しかし私はまったく政治的な人間ではありません。『ワールドマンゾクドットコム』。それが私の雑誌だ。私が、ただの、政治臭のない、体験型風俗ライターであることを証明してください！　断言します、私に一億円の価値はありません！　百円ライターより、安いライターだ。その価値のなさを知る日本人がいます！　私と同じように価値のない人間です。彼と、コンタクトをとらせてください！　……彼は、私と同じく価値はないけど、いいやつです！

ザザザッと映像が乱れる音がして……。

人々、消える。
ドアを叩く音。

永野　え？　もう来た⁉　バグワンか？

ワギー、入って来る。

ワギー　ワギー、通訳のワギーね。ミスター永野？　よろしく（皆に握手）。
永野　兄のほうか。道に迷ってたんじゃないのか？
ワギー　道には迷ってない。
永野　じゃ、何してたんだ。
ワギー　場所を探していた。
永野　なんの？
ワギー　マスターベーションだ。
永野　え？
ワギー　マスターベーションだ。

丸山・アキ子　（どんびき）
永野　何を言ってるのだ、君は女性の前で。
ワギー　女性の前だからこそだ。
永野　だから、何を言ってるのだ。
ワギー　女性と仕事する前に著しくスッキリしておく。性的に、誠実であるためだ。な？　うはは。
永野　うはは、じゃないだろ！
ワギー　著しくスッキリしたうえに、こいつらたぶん、気が狂ってるだから、もっと大丈夫。
丸山　気が狂ってるわけじゃないんだな！
アキ子　永野さん、もしかして悪い冗談なの？　先輩を救うなんて美談を盾にして、たぶらかそうとしてる？
丸山　（永野の襟首《えりくび》をつかみ）どうせ、私たちのことバカにしてたんでしょう！　自意識過剰のフェミニズムって！
アキ子　あなたの出身大学調べたわ！　たかだが、日芸《にちげい》じゃない！　冗談は六大学出てからしにしてよ！
ワギー　冗談ではない！　本気で気持ちよかったから、心から美しくなってる！　ワギーは、今、スッキリして美しい！　信じてください！　（キラキラして）マスターベーションの力を！

永野　……丸山さん、もしかしたら、僕たちの知ってるマスターベーションと違うあれかもしれない！　な？
ワギー　んー、ふふふっ。
永野　あ、同じみたい。
ワギー　だから、ワギー、誠実。（手の甲を手で叩く）男にも女にも……ベティさん、どこ？
丸山　ホテル・ピンクフラミンゴ。
ワギー　ゴー！　ゴーゴーゴー！

一行、ホテルから去る。
白装束の者たちによる、転換。
永野家の寝室。
薄いガウンを着ているミツコ。

オカザキ　（ベッドの中にいて）なんかに追い詰められてんすか？　金すか？
ミツコ　え？
オカザキ　ライターさん？　ジャーナリストでしたっけ？　旦那さん。

ミツコ　……作家でいいんじゃない？
オカザキ　なんかなきゃ行かないでしょ、あげな物騒な国に。
ミツコ　オカザキ君、たとえば、見られたのかもしれない。
オカザキ　（怯《おび》えて）　何を!?
ミツコ　あなたからもらった映画の第一稿。
オカザキ　んー、見たとしたら？
ミツコ　話が、エロ過ぎたのかも。タイトルなんだっけ。何度聞いても覚えられない。
オカザキ　『ヴァギナ・ダイアローグ』です。
ミツコ　ああ、脳が拒絶する！
オカザキ　そんなタイトルの原作が、あの百多川尚樹《ひゃくたがわなおき》賞をとってるし、こうして映画化されるわけです。
ミツコ　世も末ね。
オカザキ　つうか、映画がエロ過ぎると、旦那が外国行っちゃうってどゆこと？
ミツコ　若いのねやっぱり。人が外国に行く理由はね、さまざまよ。……あの人、基本的に私が女優の仕事するのを恐れてるの。
オカザキ　えー。なぜに。

ミツコ　ぱっぱか脱ぐと思ってるからじゃない？
オカザキ　脱いじゃいけないんですか？
ミツコ　肛門さえ出さなきゃいいって言うんだけど、それは、言われなくても出さないわよ。
オカザキ　当然ですよ。
ミツコ　でも、それをわざわざ言うってことは、隙《すき》あらば私が肛門を出す女優だと思ってるのよ。
オカザキ　完全に恐れてますね。
ミツコ　そもそも女の肛門が見えてる映画なんてどこにあるのよ。
オカザキ　……ねえ。……（思い出して）ふはは。笑いそうになりましたよ。道でばったり会ったなんつって、そんな漫画みたいなウソ。
ミツコ　んー？（笑）
オカザキ　がっつりツイッターで検索して僕をフォローしてたでしょ？
ミツコ　（笑）そんな口さみしい気分ってあるじゃない。
オカザキ　僕がフォロー返したら、まんまとダイレクトメール送ってきた。それが、ばったり出会ったって。
ミツコ　彼に、変に勘ぐられたくないだけよ。
オカザキ　ん？　じゃ、ミツコさん、その時から僕とこうなる感じで？

ミツコ　まさか。私が知ってたオカザキ君は、まだ、ギリギリ子役の時代でしょ。

オカザキ　ビクビクしてましたよね、現場で。感謝してるんですよ、優しくしてくれて。よく、カントリーマアムくれましたよね。

ミツコ　カントリーマアムは、間違いないから。

ミツコ　（笑う）まあ、俳優はやめて正解でしたね。こんな人間でしょ？　すぐ『文春』に袋叩きですよ。えへへ！（服を着る）

ミツコ　帰るの？

オカザキ　え!?　まさか、泊まれって？　結婚記念日でしょ。気色悪すぎますよ。

ミツコ　泊まれとは言ってないわ。でも、今日、もし、旦那が日本にいたら、こうはなってなかったかも。なんて。いやだ、先にキスして来たの、あなたよ！（笑う）

オカザキ　そりゃ、男が亭主のいない家に連れ込まれた以上、キスの一つもしなきゃ筋が通らないでしょ。

ミツコ　したかった？（笑）

オカザキ　（真剣に）せざるをえないでしょ。そんな、ありのままの前歯見せられたら！

二人、むさぼるようにキスをする。

オカザキ　あー、すごい。すごいなめらかな前歯だ。ミツコさん、なんで女優やめてたんですか？　こんなにキスがうまいのに！（積み上げられていた段ボールを蹴る）

ミツコ　おお、段ボール蹴ったりするんだ。

オカザキ　若いから、ですかね。

ミツコ　女優をやめたってはっきりあれしたわけじゃないよ。前は子供を、作ろうなんて話もあったの。それで、二、三年、仕事入れない時期があって……でも、なかなかできなくて、じゃあ、踏ん切りつけて仕事するかってなったときには、今は、ど根性女優の時代じゃない、って言われたり。なんだろう、ど根性女優って。Tシャツに貼りついたことなんてないのに。ふ！　で、やっと来た仕事が、舞台を降板した女優の代役。

オカザキ　赤井《あかい》双葉《ふたば》でしょ！　ニュース覚えてる。僕苦手だなー、あの女優。

ミツコ　引き受けたはいいけど、さんざん失敗しちゃって、……そんなさなかに四十過ぎて、うーん、もういいかってなっちゃって……。まあ、モタモタしてたのよ、仕事も、生活も。

オカザキ　じゃ、僕の子供作っちゃいますか？　なんつったりして。

ミツコ　復帰に賭《か》けてるの！

間。

ミツコ　ちゃかさないで。ちょっと、乳首吸っていい⁉

オカザキの乳首を吸うミツコ。

オカザキ　ああ！　ああ！
ミツコ　（責めるように）立った立った！　（困って笑う）うははは！
オカザキ　……（窓を見て）月がキレイ。
ミツコ　……私が、オカザキ君とこの新人女優のバーターだってこともわかってる。
オカザキ　いや、バーターだなんて。
ミツコ　違うって言うの？
オカザキ　バーターですけど！　……昔からミツコさんの才能を認めていたから！　一緒にやろうと思ったんです。
ミツコ　才能……才能ある女が、無断で旦那に外国行かれたりされるかしら……軽く見られてるのよ、私の仕事を。

オカザキ　少なくとも、僕の、僕個人の性欲のはけ口としての才能としては、そこら辺の女優なんて、ポーンと超えているんですよ！

ミツコ　ん？　んーーー？

オカザキ　なぜ、今うちの事務所で一押しの林原瑛愛《はやしばらえいあい》を担当しながら、失礼ながら、（咳払い）忘れられた女優の辛島ミツコまで、一つの映画に強引につっこもうとしているのかと、問われればですよ！　女優、辛島ミツコのキャラクターですよね！　今の芸能界には、中途半端な美人はゴミクズみたいにいるけど、ちょうどいい中年女がマジでいないんです！　この、貴重な、なんてんだろう、コクのある場末感!?　富士そば感!?　富士そば紅生姜天そば感!?　そこに、僕が個人的に場末感のある熟女に特化して感じてしまう性的な興奮の、最大公約数が、いま、キレッキレになって、この場所で尖ってるんですよ！　マネージャーがタレントと寝る、このご法度《はっと》を貫いて！　この瞬間を逃したくないとしか、答えられないんです！（間接照明でミツコを照らす）

ミツコ　すごい、（身をよじって）あの、やめて。夢が。

オカザキ　え？

ミツコ　……夢が、ざわつく。……ざわつくから！

オカザキ　夢がざわつく？（嘲り笑う）中二病すか！

ミツコ　ふと聞くけど、あなた、私が、夫を愛してないからこんなことしていると、思ってる？

オカザキ　え？　わかんないすけど、愛ってつまり？　犬が死んだら泣くような感情？
ミツコ　聞く相手を間違えたわ……。
オカザキ　（ミツコの尻をパーンと叩き）

間。

ミツコ　なあに？
オカザキ　罪悪感を叩き出してるんです。明日は監督と会うんだから（叩く）。
ミツコ　ああっ！
オカザキ　発声がなってないな！　女優休みすぎですよ！（叩く）
ミツコ　あああ！

激しく三味線。
ミツコがオカザキに思わずしがみつくと上着がとれ、オカザキはトーイになる。
消えるミツコ。
暗闇にピージーとパパジが出てくる。

パパジ　（ひそひそ声で）トーイ！　トーイ！　ハラーシュが出かけた。今だよ。
トーイ　パパジ……どうしたの？
パパジ　内緒だよ。ハラーシュの座ってる椅子。触りたがってただろ。
トーイ　アンディ・ジャーの椅子！
パパジ　僕も大好きさ。

ピージー、部屋の布を剝《は》がすと、アンディ・ジャーの椅子。
トーイは、椅子を官能的になでまわす。

パパジ　カミーユ……（すすり泣く）。

アンノウンが現われ、パパジを抱く。

〽妻が寝取られ尻叩かれておるときと同じ時刻、
夫はホテル・ピンクフラミンゴに辿りつく。

廊下で、機関銃を持った護衛の男に身体をチェックされているアキ子。

アキ子　あっ。う！　そんな……。

護衛　ゴー。

アキ子　いいのね！（幕の向こうに入る）

その向こう。

ホテル・ピンクフラミンゴ、ベティの部屋。

護衛の兵士二名ほどに守られた形で部屋の奥に、サングラスをしたベティ。

周りに、永野、丸山、ワギー、アキ子。

ものすごい緊張感。

アキ子　嫌だったわ。すごい触ってくるの。

丸山　しっ。

ベティ　（本をペラペラと見ている）永野ヒロユキ作、『シロジロウ、四本足のない犬の１５００日』。

永野　生まれつき足がない犬と、不思議な笛を吹く飼い主の少年を取材したノンフィクションです。
丸山　この本で書店大賞をとった方よ。ベストセラーにもなった。
アキ子　泣けるのよ、これの映画化が。
ベティ　足のない犬はこの国にもいっぱいいるわ。生まれつきではないけど。犬だけじゃない、人間もね。あと、不思議な笛にいたっては、国中の男が吹いてる。

護衛たち、不思議な笛を見せ、吹こうとする。

ベティ　今、吹かなくていい！　日本は平和な国だわね、そんな話が映画になるなんて。
丸山　うん。
アキ子　永野さんはね、ベティ、あなたと同じ。ネットで私たち、「発展途上国から女性差別を撤廃する会」の活動を見て、コンタクトをとってくれたの。
ベティ　そう。目的は？
永野　先輩が……人質になってる。
ベティ　先輩？
ワギー　この人より先に生まれた、やから。

永野　やからではないけど、その、仕事で世話になった恩人で、大事な友人でもある。彼が今、ラクダハムに拉致されて人質になってる。政治的ジャーナリストだと思われてるけど、まったくの誤解だ。なんとか助けたい。ベティさんは、ラクダハムと話ができる人だと、彼女たちに聞いて、ここに来たんだ。

護衛の男が永野を殴りつける。

ベティが、銃を永野の頭に突きつける。

永野　ちょ！　わー！

ワギー　の！　の！　この人殺す!?　私、誰にお金請求したらいい！　信じられなーい！

ベティ　気安くラクダハムの名を口にしないで。私は、アメリカに留学してたのよ。アメリカと関係するものは、すべて、テロリストに狙われてる。だから、ベティなんて偽名を名乗ってるの。名乗ってから、この偽名こそアメリカ人っぽいなと気がついて残念に思います。危険なの。現大統領は、アメリカの傀儡《かいらい》ではある。だけど、アメリカの空爆で大勢の一般人が死んだわ。多くの国民は、アメリカを憎んでるの。アメリカ人みたいに大学に行く女もね！

丸山　それくらい、危険なことだから。

ベティ　見て！

ベティの左腕がとれ、刀がジャキーンと飛び出る。

丸山　これくらい、危険な人だから。

アキ子　彼女は女性解放運動の演説中にテロリストに撃たれて死の淵を彷徨《さまよ》ったの。それから、どういうことでしょうね。手が刀になったの。

永野　わ、わかった。申し訳ない。ひっこめてくれ。

ベティ　……そんな急にひっこめられる構造じゃない。

護衛の男1　復旧に、半日かかる。

護衛の男2　勘弁してくれよ。

永野　ごめん。なんか喋らせてごめん。

ワギー　おう、なんてこった（がっくりする）。

アキ子　許して、ベティ、この人、日芸あがりなの。学歴がちゃらいから、つい、ね！

永野　ちょ、あ、ちょりーんす！　……へへ！

ベティ　じゃあ、しょうがない。（おもむろに）私は、ラクダハムの分隊長としてアメリカと戦ったシャー・バランの友達よ。かつては、そうね恋人だったこともあるかもしれない。

永野　ああ。

ベティ　金は？　あるの？

永野　五万ジャワンガニー用意してきた。

ベティ　なにか。こう、震えるような、アメリカのヒップなミニ知識なり、情報ない？

永野　震えるような？

ベティ　情報に飢えてるの。

永野　……アメリカ、オクラホマ州では、午後七時以降に眠っているロバをバスタブに入れてはならないんだ。……決してならないんだ。……ならないんだ。……ならないんだ。……。

間。

ベティ　（身震いして）シャー・バランを紹介するわ。

永野　よかった。

ベティ　きっと、先輩とやらの居所も知ってると思う。（銃を渡して）貸すわ。危険な男だから、自分の身は守って。

永野　え⁉　（受け取るが）いや、これ、うわ。

ベティ　もうひとつ条件がある。
永野　……。
ベティ　あるゴーゴーボーイを買ってほしいんだわ。
永野　え？　(動揺する)　ゴ、ゴーゴーボーイ？
ベティ　なに？

バグワンが部屋に突然入ってくる。

バグワン　そこまでだ！
ベティ　……誰!?

護衛の者たち、銃を突きつける。

バグワン　バグワン。この通訳、ワギーの弟。
ワギー　バグワン、ありがとう、ちょうどモチベーションが下がってきたところだ。……じゃ (帰ろうとする)。

永野　えー。

バグワン　忠告したはずだ。予告なしにモチベーションがなくなる（ウインク）。ワギー（紙袋を投げる）。

ワギー　（受け取って）なんだ？

バグワン　なんでしょねー？　中身はチキンね。うほほーう。

ワギー　うほほーう。

バグワン　サワークリームもいっぱいね。

バグワン・ワギー　（笑う）ヤミヤミー。

永野　この空気のなかでよくそんなやりとりできるな。

ワギー　うはは（去る）。まさかチキンとはな。

バグワン　……（手を拡げ）続けて！　おいおい把握する。

ベティ　……（バグワンを少し切る）。

バグワン　少し切られた。

溶暗。

ヤギたちがヤギ使いにひかれ、舞台を横切る。

〽ヤギがケモノであるならば、
人もケモノであるからして、
ヤギが牧場の囚《とら》われの身なれば、
人もまた囚われることもありにけり。

明かりが変わり、《クラブ・コナジュース》。
レッスン場。

ハラーシュ　だめだ、なっちゃない！　始めっからやるぞ。……（紙を見ながら）さあ、紹介しよう。《クラブ・コナジュース》ナンバーワンダンサー、ボールボーイ！　続いて、無駄な高学歴を持て余してダンシング、ワンコインマン！　マッチョ？　心は乙女のグリズリー・ダイアモンド！　逆にガリ専いねがー!?　顔も体も薄さ爆発、ノーモア映画泥棒！　もじゃもじゃヘアーの甘えんぼ、ビリー・ザ・キッド。指名ナンバーワンで、チームのリーダー、パパジ。美しい新入り、かわいいおもちゃ、トーイ！　最後に、一から十まで謎だらけ。その謎を愛して、ミスター・アンノウン（白塗りしているが、明らかに中年）！　《クラブ・コナジュース》オールスターズだ！

皆、踊り出す。
トーイだけが、全然踊れてない。

ハラーシュ　ピージー！

ピージーが飛び出てくる。

ピージー　ハイ、休憩！　トーイ。（優しく）どうした？　振りがぜんぜん入ってないじゃないか！
（みんなに）はい、休憩中も鏡見るの忘れない！
トーイ　ごめんなさい。ピージー。
ピージー　おさらいだよ。ワン・ツー、♪ギリギリの小銭を持って。
トーイ　ギリギリの小銭を持って。
ピージー　♪スタバに入ったよ。
トーイ　スタバに入ったよ。
ピージー　♪小銭、ギリギリだったから。

トーイ　小銭、ギリギリだったか。
ピージー　（ピンタして）……今のピンタだよ！
トーイ　……知ってる。
ピージー　もっと、ギリギリ感ほしーよ！　スタバだよ！　スタバにギリッギリの小銭で入ってるんだから！　その、とてつもない緊張感、脳裏に描いて！　そんなへっぴり腰の客は、ドトールには行けても、スタバに入れないの！　（踊る）はい、緊張して、シェネしちゃう、それ、緊張して、シェネしちゃう。うっかり、グランデ頼んだら。じゃっかん、お金が足りません。悔《くや》しくて、アニメイション。アニメイションからセンセイション！　だけど、僕たち、美しい。足りないお金は、笑顔でカバー。それ、ギーリギリ、足りない小銭で、スタバをのりきる、ゴーゴーボーイ！　おにぃたああん、小銭貸してー！　でしょうが！　……さん、はい！
トーイ　（泣く）できない！　振りがぜんぜん頭に入ってこない！　ピージーの顔、気になる！
パパジ　顔を見るからいけないのさ！　邪魔でしかないのは、僕らも一緒！　あっ。ピージー、実は、僕らも顔は控えめにしてほしいんだ。
ピージー　顔か。やめない！　顔？　やめない！　え？　顔？　やめない！
少年たち　（口々に）やめてよ！　ピージー（と懇願する）。
アンノウン　やめてよ、ピージー。

ピージー　そんなに言われたら、泣いてしまう！　うえぇ。

ハラーシュ　（立ち上がり）もうよせ！　きったねえんだよ、泣き顔が！　はいはい。やめろよ、きったねえんだよ。はいはい。おい、やめろよ、きったねえんだよ！（手を叩く）そこまでだ。トーイ。客だ。準備しろ。尻に毛が生えてきたら、剃《そ》れ。

ピージー　ハラーシュ！

ハラーシュ　ダンスができないなら、客をとる。それがこのクラブのルールだ。

パパジ　今日はもう三人目です！　トーイの身体が壊れちゃうよ！

アンノウン　……アンノウン。

ハラーシュ　そう思うならおまえらで踊れるように仕上げるんだな。踊ってる間は客をとらなくてすむ。（ピージーに）じろじろ見るな！　視線恐怖症なんだ！　レッスンしろ！　夜の本番まで時間がないぜ。

トーイがハラーシュに連れられて、去り際、アンディ・ジャーの椅子が怪しい光を放つ。

ピージー　（涙をぬぐって）準備はいい!?　媚びて、誘って、拗《す》ねて、指切りして、回転するんだ！　さあ、喜ばせて！

〽トーイはそして、トボトボと、
ハラーシュに連れられ、
お客のもとに……いでたつ前の薄化粧……

ヤギの群れがメエメエと横切る。
トーイに化粧をほどこすハラーシュ。

ハラーシュ　トーイ。客をとるのは、今回で何人目だと思う？
トーイ　数えたことない。
ハラーシュ　百人目だ。記念だから、俺がメイクをしてる。まだまだ、パパジにゃ追いつかないが、おまえは回転が速い。はい、ちょっと上見てください。……客をとるのは大変か、トーイ。
トーイ　振り付けを覚えるより、楽。
ハラーシュ　じゃあ、なぜ、ゴーゴーボーイになった。
トーイ　……それしか、客をとるすべがない。
ハラーシュ　ふうん、客をとるのが好きか？

トーイ　キレイだと言われれば、嬉しいだけ。あと、家族に金を送りたいし。

ハラーシュ、トーイを打つ。

ハラーシュ　家族なんかいねえくせに。
トーイ　……ごめんなさい。
ハラーシュ　おまえ、夜中、稽古場に忍び込んで、俺の椅子に触っているだろう。あげくに頬《ほお》ずりをしているだろう。
トーイ　……（恥）。
ハラーシュ　好きか、あの椅子が？
トーイ　だってアンディの椅子だよ！　センスが良すぎる。色も形も、そして素材の質感も！　なんといっても皮！　座るのなんてもったいない。でも、何時間でも触ってられる！　見ていられる！　ドンタッタしながらでも！（演者の思う「ドンタッタ」をする）
ハラーシュ　……確かに、あの椅子は皮が命だ。
トーイ　……命？
ハラーシュ　それがアンディ・ジャーの椅子さ。この国だけじゃない。世界一のインテリアデザイナーだ。

トーイ　がーっ！　ががーっ！

ハラーシュ　はしゃぎすぎだ。……あの椅子はうちのゴーゴーボーイでかつてナンバーワンの少年、カミーユだった。

トーイ　……え？　どういうこと？

ハラーシュ　今、出回ってるアンディ・ジャーのほとんどの椅子は、レプリカだ。本気のやつじゃない。彼の本気の椅子は、（トーイの腕をなぜながら）美少年の皮でできてるやつだからな！

激しく笛。

トーイ　美少年の皮って……本気で言ってるの？

ハラーシュ　ラクダハム政権の時代。この国じゃ、人身売買は、公然と行なわれていた。アンディ・ジャーが椅子作りの素材に、死んだ奴隷の皮を闇ルートで買い付けて使うのも半ば、公然だった。そこで、俺たちは、脱走したゴーゴーボーイを殺して、アンディに売りつけた。アンディは、うちのクラブの少年が好みでね。俺が美少年を好きなのを知ってるからな！　へ！　へへ！

トーイ　じゃあ、あの椅子はほんとに……。

コーンという音とともに、半裸の少年の後姿。

ハラーシュ　カミーユ。コナジュースで一番美しいゴーゴーボーイだった。だが、やつは、客の甘言《かんげん》にのって脱走したんだ。惜しいやつだったが、逃げたゴーゴーボーイは、殺すのが掟だ。俺はこの手で殺す瞬間、あいつに言ったのよ。安心しろ、死んでおまえは、世界一美しい椅子の素材になる。

トーイ　……（唾《つば》を飲んで）それで。彼は？　なんて言った？

ハラーシュ　ありがとうとかなんとか。呪《のろ》いの言葉じゃなかったのは確かさ。椅子は、アンディから借金までして買い戻した。……ほかの誰かが座るのが許せなかったからだ。

トーイ　あれが、カミーユ。

ハラーシュ　ここで歳をとり、髭《ひげ》が目立つようになってきたゴーゴーボーイに道は三つしかない。パパジのようにセックスの技を磨いて、客の指名でトップをとり続けるか、ピージーのように振付師になるか。死んで、皮をはがれ、アンディ・ジャーの椅子になるのを夢見るか。……ミスター・アンノウンみたいに、なんとなくうっすら紛れ込んでいるか。

トーイ　……四つ。

ハラーシュ　ま、いずれにせよ！　アンディはこの国にいない。いい時代の話だ。今逃げても、ただ、犬死にするだけだぞ。
トーイ　わかってる。

遠くで爆発音。

トーイ　また、自爆テロかな⁉
ハラーシュ　ザハードだ。
トーイ　どんな感じなんだろ、自爆って。
ハラーシュ　よし、べっぴんさんになった。化粧すると、おまえは、カミーユにそっくりだな……。おまえ、初めてじゃないな、化粧するの（顔を近づける）。
……！
トーイ　……冗談はドブみたいな口臭だけにしてよ。
ハラーシュ　……客に差し出すのがもったいねえくらいだ。（少し傷ついて口の匂いを嗅ぐ）行け。変な気分だ。

トーイ、去る。

ハラーシュ　（携帯電話が鳴るので出て）……ああ。国立劇場のほうから音は聞こえた。成功したようだな。報酬はヤギ三頭だ。彼の家族に届けてくれ。ザハードにサザム神のご加護を……。

ヤギたちが横切っていく。それに紛れて、トーイたちは消える。

〽ヤギの気づきは、日暮れとともに……
ヤギの気づきは、偶然か、それとも神の気まぐれか……

しばらくヤギたち、メエメエ言ってる。

ヤギ　メエメエ、メエメエ……って。……いや、メエメエってなに⁉　俺たち、そもそも、なにを目的としてずーっとメエメエ言ってるわけ⁉　ねえねえ、みたいに、誰かに何か訴えかけてる？（仲間のヤギに）では、ないよね。その感じ。黒目が横一直線だもんなあ……。じゃ、なんだろう？例えばの話、昨日、誰もいないところで、一匹でメエメエ言ってるヤギを見た。それは、なんのメエメエだ。暇つぶし？　新しいメエメエの発表にむけての練習？　その前に、俺、喋ってる。

……つまり、今この瞬間、俺は、ただのヤギじゃない。それがわかる。いや、厳密に言えば、このあいだ、なぜか、見覚えのある美しいゴーゴーボーイと引き換えに、遠くの町へと連れていかれる仲間に向かって、俺は、確かにメエ！　と鳴いた。それは、ただのメエじゃない。そこにはある種のエレジーみたいなものがあった。つまり、そこには、なんだ、意味があった。で、ん？　……どうしよう。意味を身につけたものは、次に何をすればいい？　うん……生きなきゃ。それだ。生きてるものは絶対死ぬ。それを理解したもののするべきことは、なるべく生きる、が妥当だろう。だが、ここにいたら、死ぬ。ジャワンガスタンじゃ、ヤギは大事な大事なカレーの具だ。大事にされるのはいいとして、具になるのは嫌だ。私は具になりたい。そんな映画があった。いや、なかった。この話は今しなくていい。で、結論した。逃げよう。みんな！　逃げるぞ。

他のヤギも逃げさせようと努力するヤギだが、なかなか皆逃げようとしない。

ヤギ　……わかるよ！　わかる。ここにいれば、餌《えさ》に困らない。逃げても逃げなくても、ヤギはいずれ死ぬ。でも、考えろ！　殺されるってのは尊厳を失うことだ！　……（業《ごう》を煮やし）勝手にしろ！

ヤギが逃げようとすると、ヤギ1が「メエメエ！」叫びながら近づいて来る。

ヤギ1　メエメエ！
ヤギ　……そんな激しいメエメエがあったのか？
ヤギ1　てめえ！
ヤギ　ええええ？
ヤギ1　ほんとにそれでいいのか？
ヤギ　……？
ヤギ1　牧場から逃げる。いいだろう。だが、ヤギ界から激しいバッシングを受けることになるぞ。
ヤギ　ヤギ界!?　そんなのあるのか？　……（誰も返事しないので）？
ヤギ1　ない！
ヤギ　ないんだ。
ヤギ1　話を聞け！　気づいても気づかないふりしかできないヤギが、ほとんどなんだ。ヤギの痛みも、わかれ！

ベベンと三味線。ヤギたち、一斉にヤギを見る。

ヤギ ……おまえら。

ヤギ2 柵という監視システムのなかでただメエメエ言いながら餌を食い、気づかないふりして生きる。それを我々は平和と呼んでいる。問題は何だ？ ……最後にぶっ殺されることだけじゃないか。

ヤギ そこ！ そこ大問題でしょ！

ヤギ2 我々は、その大問題をメエメエメエメエ言うことでカサササササッてしてきたんだ！

ヤギ なんだ、「カササササッ」て？

ヤギ2 ……ササッ、カササササッ……クサッ、だ。

ヤギ ……うう？

ヤギ1 話を聞け！

ヤギ 聞いてますけど！

ヤギ1 じゃ、現実的な話をしよう。逃げたとする。だが、そのほうが殺される確率は高くなるぞ。ジャワンガスタンに銃を持っている人間がどれほどいると思っている？

ヤギ ……確かに。

ヤギ１　恐れるな。感じろ。メエメエの力から目を背けるな！

ヒャーっと、笛。

ヤギたち、悠然と野武士のように腕を組み、うなずく。

ヤギ　……なんか、逆に戻りにくい感じがするんだけど。俺、あの、あんな好き放題言って、今さら戻れるのか？

ヤギ１　おまえさん、クロヤギさんからお手紙が来たらどうする？

ヤギ　え？　お手紙？

ヤギ２　どうするてえんだよ、お手紙が来たら！

ヤギ　……読まずに……食う。

ヤギ１　仲間だ。

ヤギ　（恐る恐る）……メエ？

ヤギたち、「メエメエ。そのメエメエ」とか言いながら、拍手。

ヤギ、集団のなかに戻ろうとしたとき、一頭のヤギが、角を抜き襲い掛かる。かろうじてよけるヤギ。

ヤギ　おっと、そんなこったろうと思ったい！　ひゃあ、おっかねえ、おっかねえ！

ヤギ1　無意味に耐えられないやつを逃がすな！　地の果てまで追いかけろ！

ヤギ3　待て、ヤギ！

ヤギ　うーふふふ。やーなこったい！

邦楽による『ルパン三世』のテーマ（適当なコーラスもありで）。

〽いい湯加減の立ち回りに紛れながら、

話は再び日本は東京、『ヴァギナ・ダイアローグ』のリハーサル室……。

かつて舞台を、わけのわからない病気で降板し、ミツコが代役を務めた女優が、

なぜか、そこには、呼ばれてあった……

リハーサル室。

ヘッドホンをつけてスマホをいじっている林原瑛愛。

ゲラゲラ笑い合っているミツコと、双葉。

オカザキ、似池《にいけ》監督、プロデューサー緒川《おがわ》などが、別の机で、ひそひそ話し合っている。
衣裳部屋の支度をしているスタイリストの楪図。

ミツコ　ははははっ、双葉ちゃん、ねえ、それ冗談でしょ！

双葉　そうなんです、冗談ですよ！

ミツコ　え？　冗談なのかあ！　え？　ひー、おかしい。双葉ちゃんて、冗談言うのね。

双葉　で、冗談で、監督毛深いですねって言ったんです。

ミツコ　うんうん、で？　で？

双葉　ボンボン……ブブブ。ボボ、ボボボンだって！

ミツコ　（爆笑）ははっははは！　なにそれ！　ほんと!?

双葉　冗談ですよお！

ミツコ　なんなのよ、冗談言うのね！

双葉　そうなんです。冗談を言うのですよ。

ミツコ　ほんとにねえ。衣裳合わせだって聞いたんだけどな、今日は。ねえ、楪図さん。

楪図、振り返って苦い顔でうなずく。

ミツコ　ねえ。

　　　　　楪図、両手を拡げる。

双葉　私も、今日、突然オーディションって呼ばれた感じなんで、うーん。状況が見えないんですよね。赤井双葉のスケジュールなんてどうせ空《あ》いてるだろって感じなんでしょうけど。
ミツコ　ふうん、双葉ちゃん、体調よさそうね？
双葉　ええ。
ミツコ　うん。心配したわよ、あのときは……なんだっけ？
双葉　もう、ぜんぜん、平気なんです。
瑛愛　♪ヘブンヘブンヘブン。
オカザキ　（頭を抱える）まじすかあ……。
ミツコ　……なんだっけ、ほら、あんときの病名。
双葉　なにがです？
ミツコ　なにがって（笑う）。あの舞台のときの病気……。

双葉　ゲボゲボ出血熱です。

ミツコ　いつ聞いてもすごいインパクトね。

双葉　アフリカロケで、ええ、底なし沼に入ってゲボゲボ亀に噛《か》まれたから。

ミツコ　まあ、病名にインパクトくらいないとね、降板なんて許されないだろうし。どっこいどっこいよ。

双葉　許されてないから干されたんでしょうけどね。

ミツコ　うん！　私もあれで急にあなたの代役が来たじゃない？

双葉　ええ。

ミツコ　（にやり）どうなったと思う？

双葉　さぁあ。

ミツコ　セリフが覚えられないストレスでねっ。

双葉　怖い怖い怖い、ちょっと待って。

ミツコ　（指をピストルの形にして）イボ痔《ぢ》になったのよ！

双葉　（爆笑）似合う！

瑛愛　♪ヘブンヘブンヘブン。

ミツコ　どこがヘブンじゃ。

二人　（爆笑）

双葉　ああ。生き地獄生き地獄っと。ちょっと電話してきまーす。

双葉、扉を開けて去る。

ミツコ　（うつむいて）……あんたさあ！　まずはあれだよ、あの節は、本番一週間前にもかかわらず大変な役を引き受けていただいてありがとうございました、みたいなやりとり、とか？　そういうのができないから干されるんだよ！　プライドなの？　鈍感なだけ？　女優って、わがらん！

さすがに瑛愛、ヘッドフォンを外してドン引きしている。

オカザキ　……あの、辛島さん、心の声がダダ漏れ過ぎるんですけど。

ミツコ　（机のほうにずかずかと来て）聞いてないよね、オカザキ君、ヴァギナXの役が赤井双葉とオーディションなんて。ねえ、似池監督、今日は、あ・た・し・の、衣裳合わせですよね。

似池　原作者の意向だからよ。

ミツコ　この段階で原作者の意向？

似池　プロデューサーに聞いてよ。俺だって、あいつめんどくせえからやだもん。
緒川　昨日は言える空気じゃなかったんじゃがのう、正直、あの役が辛島さんだってなったときから原作者が、それじゃ弱いと、ごねとったんじゃ。
ミツコ　え⁉
緒川　そんなときに、ネットフリックスが名乗りを上げてきよっての。うん、じゃあ、うちでやりませんかって言うてな。そっちのほうが、原作権が高いんじゃあ。
ミツコ　なんなのその喋り方⁉
オカザキ　ミツコさん！
ミツコ　『まんが日本昔ばなし』気取りなの⁉
似池　緒川さんの「まんが昔ばなし」が出たときは、本気だ、ってことですよ。
ミツコ　そうなんですか。
緒川　そうなのじゃ。
ミツコ　殴りてえ……。
瑛愛　ザッキー、あたしの衣裳合わせまだなんですかあ？
オカザキ　うんうん、ちょっと待ってね、今、大人の大事なその、大事な日本昔ばなしの途中だから。

ミツコ　へえ、あなた、あのスマホと一体化した生き物にザッキーって呼ばれてるんだ。
瑛愛　ようするに原作者の大麻なんでしたっけ？
楳図　大麻吸《たいます》う太郎《たろう》。
瑛愛　その大麻吸う太郎先生がね。
ミツコ　なんちゅう名前なのよ。
瑛愛　ただでさえポッと出の？　アイドルあがりの林原瑛愛が主役なのに、その映画の二番手がミツコさんじゃあ話題として弱いって言ってるんでしょ？　それで、原作権の移動をちらつかせながら、自分がお気に入りの赤井双葉を映画にねじ込もうとしていると。
オカザキ　林原君！
瑛愛　遅かれ早かれ、私のバーターの辛島さんが知ることになる現実じゃないですか。ここにいる誰もが言いにくいであろうそれを私が言ってるんですけど。
ミツコ　……（目を剝いて）いい子じゃない。
オカザキ　いい子なんです。
ミツコ　で？　私より、赤井双葉が話題になるって理由は？
オカザキ　そこですよ。申し訳ないけど実力じゃあ、うちの辛島のほうが上でしょ？（皆が考えてるので）……あれ？

楳図　上ですよ、実力は。
オカザキ　です！　ですよね、楳図さん。
楳図　でなきゃいたたまれないよ。
緒川　だども、少々脱ぎどきは逃したにせよ、赤い双葉の初ヌードってことは、確かに売りになるしのぉ。
瑛愛　うん。あたしだって、最終的にはそのカード切る覚悟でこの世界にいますもん。
ミツコ　そのカード……（独り言）デビューで切ってもうてん！
似池　……辛島さん、なぐさめるわけじゃねえけど、これね、枕ですよ。
ミツコ　枕？
似池　赤井双葉って昔っから枕営業で有名な尻軽じゃないすか。
瑛愛　あー、確かに枕顔ですよね、赤井さん。
緒川　枕じゃ枕じゃ。
楳図　枕なのらー。
ミツコ　（吐き捨てるように）汚らわしい！　（オカザキに）私たちのは枕じゃないわよねぇ。
オカザキ　ごほん!!
ミツコ　……いっけね！

赤井、戻ってきていた。

楳図　あ。

赤井　……（不敵に）巷《ちまた》で噂の、どこでも眠れる超気持ちいい枕の話ですか？

ミツコ　……。

赤井　どうしたんですか、皆さん？　こんにゃく畑でフルーツとれたんですか？　そんな顔ですか？

ミツコ　（烈火のごとく怒り）どんな顔だい！

急にとっくみあう二人。

オカザキ　なぜに!?

ミツコ　このズベ公！

赤井　上等だよ、スベタのいかれぽんち！

二人とも、服から架空の乳房を飛び出させ、戦う。

似池　やめろよ！　五社英雄《ごしゃひでお》の映画じゃねえんだから！

扉があき、車椅子に乗った大麻吸う太郎が登場。
大麻らしきものを思い切り吸っている。
身体に装着された点滴を華麗に操る看護婦。
着流しにシルクハットのカメラマンや、せむしの音声さんを連れている。
状況劇場を思わせる音楽。

緒川　大麻先生！
似池　あの、小説界最高峰の文学賞、百多川尚樹賞を末期癌に冒《おか》されながら、七回も受賞された、大麻吸う太郎先生！
オカザキ　そのエロスへの飽くなき探求心は、小説界のカサノバと呼ばれ！
楳図　シュールかつリアルな『ヴァギナ・ダイアローグ』の文体は、文学の世界に蘇ったサルバドール・ダリとも称される！　あの！

似池　小説の魔術師！
全員　大麻吸う太郎先生！

音楽、止まって。

大麻　……ごめん、自然にしてくれねえかな、皆さん。

と言いつつ、車椅子から弱々しく立ち上がり、皆に、弱々しいビンタをしていく大麻。

大麻　とにかく、自然にしてくんねえかな、舞台じゃないんだ、キャメラ回ってんだ！　だから、自然にふるまってくんねえかな⁉　整ってくんねえかな？　自然に整ってくんねえかな。なあ。
似池　……と、整ってます。もう、先生以外は、だいたい整ってます。
赤井　先生、（駆け寄る）お元気ぃ！
大麻　末期癌なんだ。枕しかけてきた根性は認めるから呼んだ。が、おまえは嘘つきという病気だ。近づくな。
赤井　はあはあはあ！

大麻　やめろ、過呼吸の真似！
瑛愛　わおわおわお。
大麻　テレビは、無粋《ぶすい》な余興だが、俺、末期癌なんでね、だから、『饒舌大陸』の取材が入っていてね。
瑛愛　う、まじ？　（スマホのカメラでメイクをチェック）
緒川　うかがっております。

慌《あわ》てて、ミツコらもメイクをチェック。

オカザキ　え？　うちでは聞いてませんけど！
大麻　聞いてられちゃあ、ドキュメンタリーにならないんでね！　俺、末期癌なんで、かんべんしてくんねえか！　（人伝いにオカザキにビンタしにゆき、また戻る）……映してやって、ヴァギナX候補の二人。今日は、オーディションなんでね。どっちがより映画的にパッとしたヴァギナか、勝負するんでね。
ミツコ　パッとしたヴァギナ？

ディレクターの指示で、カメラマンたち、ミツコのほうへ。
なりゆきでポーズをとる二人。

ディレクター　すいません、お二人、もう少しナチュラルにお願いします。

と言われるのに、二人とも、延々、不自然に女っぽくポーズをとり続ける。
瑛愛も我慢できず、ポーズ大会に加わる。

ディレクター　写真じゃないんで、はい、動画なんで（とかなんとか）、とにかく動いて。

なぜか、「小山ゆうえんち〜」のポーズになっていく三人。

似池　え、もしかして、パッとしたヴァギナ!?
三人　♪小山ゆうえんち〜。
似池　（紹介する）小山ゆうえんちだ。
オカザキ　あった！　話題！

ミツコ　え？
オカザキ　持ってるでしょ！　ほら！

ミツコの携帯が鳴る。

大麻　誰だ⁉
ミツコ　（見て）主人です。
オカザキ　来た！　今朝パチンコで大負けしたから、なんかあると思ってたんです！　永野ヒロユキ。彼女のご主人は、『シロジロウ、四本足のない犬』で当てた、ルポライターなんです！
ディレクター　えー！　そうだったんですね？　それを先に言ってくださいよ！
オカザキ　しかも、旦那は、今、ジャワンガスタンでテロリストに拉致されている自分の先輩を救いに行ってる真っ最中なんです。
ミツコ　それは！
似池　ジャワンガスタンって、今日、自爆テロのあった国だよな。
ミツコ　え⁉
似池　今朝の新聞に。

オカザキ　読んでるはずないじゃないですか！　女優ですよ！

大麻　……出ろ。

音楽。

薄暗くなり、ジャワンガスタンの宿屋。

銃撃戦の音。

ミツコに電話している永野と、飯を食いながらパソコンをやっているバグワン。

永野　そうなんだよ。昨日、結婚記念日だっていうのを、バタバタしててうっかり、それで、かけてみたの。

ミツコ　いいのよ。でも、あなたが欲しがってた椅子のレプリカ、買ったわよ。

永野　えー？　ほんとに？

ミツコ　言ってた通り、部屋に合うと思う。まだ、座ってないけど。

永野　ありがとう。とにかく、おめでとうが言いたくて。

ミツコ　まあえらいのね。ご丁寧に。で、どうなの？

永野　え？

ミツコ　ヤギさんに、会えそう？

永野　……うん。今、ある場所で、反政府軍の人間とコンタクトをとろうとしてる最中。

ミツコ　大丈夫なの？

永野　言いたくないけど、今日、この近くの町の劇場で自爆テロがあった。ラクダハムが犯行声明を出した。

ミツコ　知ってる。

永野　実は、さっきも銃声が聞こえた。市街戦が起きてると思う。

ミツコ　危険すぎるわ。

永野　この国にいる限り、完全な安全はないけど、昨日ちゃんと現地の人と手は打ったし、ガイドも日本人の仲間もいる。

ミツコ　そう……心配だわ。それでも。

永野　もうすぐ、現地のそのー、コーディネーターの人が来るから。

ミツコ　……うん。

永野　今日はこれで。

ミツコ　わかった。

永野　……ミツコ。

ミツコ　うん。

永野　結婚十年、おめでとう。そういえば、去年の結婚記念日は、まるで映画みたいだったね。君が、伊勢丹《いせたん》の袋を持ったまま電車とホームのあいだに落ちて……。ここに落ちる人ほんとにいるんだ！　って、なーんだろう？　君が、電車とホームのあいだに、半分はまりながら、完全な無表情だったのが、なんだか、すごく夢みたいで、逆にリアルだった……その後ふたりで中華料理を食べて、うん、食中毒になった。あれ？　ええと、あの、こんな話の流れでなんだか言いづらくなったけど……愛してるよ。

ミツコ　（笑）外国にいるからって、そんな。

永野　（照れて）そんなんじゃねえよ！　そんなんじゃねえだろうがよ！　そりゃ確かにこの距離な！　距離というロマン？　それにのっかったのは認めるけど、そーういう返しはちょっとねえんじゃね!?　ねえし！

ミツコ　……ごめん、わかってる。

永野　あれ？　電波が……もしもし！

ミツコ　……こんなに遠いあなたと話してると、ほんとに夢のなかにいるみたいで……（突然涙ぐみ）愛してるわ。

ディレクターの声　オッケイ!!　いい絵が撮れました！

ミツコ無言のなかで闇に消える。

永野　何かが……オッケイと叫んだ。なんだろ、人の気配が、すごくするよね……すぐ切れるよ、クソ電波

（携帯を振る）あっ！

携帯、床に吹っ飛んで粉々になる。

永野　うわ！　やっべえ！

バグワン　バグワン、見つけた。永野。日本の新しいニュースの動画、見るか？

永野　？

どこかに総理大臣そっくりの男が出てくる。

総理？　現在、インターネットを騒がせているジャワンガスタンの日本人らしき人質の動画についてですが、あらゆる手段を使って、映像を解析した結果、この動画は第三者により捏造《ねつぞう》されたもので

あって、人質になっている男性については、実在の人物と特定できる日本人は存在しないと判断しました。そういったことですので、今後の捜索に関しては打ち切る方針であると申し上げます。今後も国民の皆さんには、ジャワンガスタンへの渡航はできるだけ控えていただきたく存じます。たとえ彼《か》の地に行かれても、有事の際は……大事なことは三回言いますよ。自己責任！　自己責任！　自己責任で！　これを我々政府は強く訴えたい所存であります（消える）。

永野　……嘘だろ？　捏造？　嘘だろ？　……だって確かに、ヤギさんから、俺宛にメールが。

バグワン　メール？

永野　いや、もしかして、いやいやいや、ヤギさん、もう殺されたんじゃ。

バグワン　メールって何よ。

永野　……いや。しかし、遅いな、ベティが言ってたゴーゴーボーイ。トーイ……（メモを見る）

いや、ビリーか。うん。

突然、ドアを開け、激しい息をつくヤギが激しく入ってくる。

永野　なに⁉

バグワン　（よく見て）ヤギ。

永野　わかるけど。
ヤギ　（永野に向かって窓の外を指さし）メエメエメエメエ！
永野　なんだ？
バグワン　（窓の外を見て）永野！　たくさんのヤギが部屋のドアを角で押してる！
永野　どういうことだよ？

メエメエメエメエ。部屋がミシミシいっている。

ヤギ　メエメエメエ！　メエメエメエメエ！　ヤッチメエ！
永野　ヤッチメエ？
ヤギ　（窓の外をさし）ヤッチメイナ！

爆音。パラパラと天井が落ちる。

永野　ヤギ、死んじまった。なんだってんだ、これは。夢なのか？

数人のジャワンガスタン人のゲリラが入ってくる。
驚いて後ずさる永野とヤギ。
通りをザッザッザと人が歩く音がする。

ゲリラ1　バグワンいるか？
バグワン　どうした？　ついに、戦争か。
ゲリラ2　ああ。俺たちはアメリカ領事館に攻め込む。別動隊は首相官邸に向かってる。
永野　え？
バグワン　クーデターだ。
永野　えええ？
ゲリラ1　誰だ、そいつは？

ゲリラたち、永野に銃を向ける。

永野　わ、ちょっと待ってくれ！
バグワン　やめとけ。そいつは、日本人だ。しかも日本大学卒業の日本人だ。

ゲリラ2　かなりな日本人だな。……うふーん。ツツイマリコ？　うはは。ヤマムラモミジ？　もっと、うはは。な？　うはは！　な？

永野　……どう答えれば、正解なんだ？

バグワン　この国では、日本の二時間ドラマがたくさん、ダビングされてＤＶＤで売られている。……普通に！

永野　バグワン。おまえ、反政府軍の仲間なのか？

バグワン　仲間なんかじゃない。

永野　そうか。

バグワン　みんな親戚。

永野　わおわお。

バグワン　（ゲリラ１に耳打ち）生かしておけば、いざというときに人質に使える。

永野　せめて俺に聞こえないようにしてくれ、そういうのは！

ゲリラ2　おまえも参加しろ、バグワン。手柄を立てるチャンスだ。

バグワン　ビジネスの途中だ。

ゲリラ1　モチベーションは？

バグワン　……揺《ゆ》れてる。

永野　揺れてるのかよ。
ゲリラ３　ワギーだ。

血まみれのワギーが連れ込まれる。

バグワン　兄さん！
ワギー　初めて手榴弾《しゅりゅうだん》を投げた。こう投げればよかったのに、こう投げた。地面でドーン！　このざまね。でも、警察隊の司令官殺した。クーデターが成功すれば勲章がもらえるね。次は、おまえが行け、俺の代わりに。バグワン。
バグワン　（泣く）ワギー。（ワギーから銃を受け取り）わかった！　サザム神のご加護を！

バグワン、仲間たちとともに出て行く。

永野　おい！　バグワン！　あんたがいないと困るんだよ！　ベティから人質受け渡しの手はずを聞いてるのはあんたなんだから！
ワギー　……ミスター永野。（力つきながら）今からは私が、あなたのガイドだ。（微笑む）んっふふ。

永野　微笑まれてもよお！
ヤギ　……あれ？　……待てよ。なにかを思い出しそうだ。（永野を見て）この男、見たことある。

ワギー、包帯を出して、自分の手当て。

ワギー　うわー（血まみれなので）……ひくわー。
永野　（ヤギに）手伝ってやれ。
ヤギ　メエ？
永野　おまえなら、なんとなく手伝えそうだ。

ヤギ、仕方なく、手伝う。

ヤギ　あ。手伝える。

ノックする音。
固まる永野。

トーイの声　《クラブ・コナジュース》、の、ゴーゴーボーイ。
永野　……。
トーイの声　《クラブ・コナジュース》、の、ゴーゴーボーイ。
永野　誰だ!?
ワギー　《クラブ・コナジュース》のゴーゴーボーイだと言ってる。
永野　わかってるやい！　……トーイか？
トーイの声　トーイ……アイアムトーイ。フロム、《クラブ・コナジュース》。オープンザドア！
　プリーズ！
永野　テイキッツイージー。エンターザルーム、アット、ワンス。マイネームイズ永野。……フロム、
　トーキョー。

ドアが開く。
音楽と同時に雪のようなものが舞い込む。

永野　雪!?

ワギー　違う！　これは、灰だね。家が燃えてた。ビルも燃えてた。人も燃えてた！　死んだ者の記憶の灰だ。ドアを閉めろ。死の匂いがする！　死はよくない！

トーイ、現われる。

永野　……君を指名した永野だ。君は、カミーユと、瓜《うり》二つだ。

トーイ　……カミーユは昔、死んだ。僕は、トーイ。

永野・ヤギ　カミーユは……死んだ？

固まってしまう。

ワギー、必死に起き上がって扉を閉める。

ポンと明かりのなかに入るヤギ。

ヤギ　カミーユの名を聞いたときにすべてを思い出した。俺は、ヤギではない。……八木だ。

ゆっくり、永野に近づくトーイ。

ヤギ　俺は、日本の風俗ライター。八木悠仁。ついこのあいだ、死んだ。のらりくらりと交渉を延ばす日本政府にしびれを切らしたテロリストにトカレフで頭を撃ち抜かれて、死んだ。

永野　……なんだって？　あれ？　これ、聞こえてるテイでいいパターンのやつなのかな？

ヤギ　当時、ゲイ雑誌に連載を持っていた俺と永野は、十年前、ゴーゴーボーイズの取材でジャワンガスタンにいた。その時、《クラブ・コナジュース》の新人の、一人の少年に二人して、まるで、魔法にかけられたように魅了された。俺たちは、二人とも、その少年を、抱いた。毎晩。交代で。時には、三人で。ロイヤルホストのステーキより安い値段で、あっけなく抱けた。抱くたび、その安さが切なさに変わり、俺たちの頭を彼の名前で占領した。その名は、カミーユ。二人は、闇ルートを使って、少年を《クラブ・コナジュース》から助け出す算段をした。しかし、後一歩というときに、クーデターが起き、俺たちは、日本に帰らざるをえなくなった。帰国後、永野は、何かを振り払うように、この業界から去り、女優と結婚し、お涙ちょうだいの人気作家になった。ゲイボーイを買っていた過去を隠して、病気の犬の話で当てた。……偽善もいい。日本は偽善に寛容な国だ。しかし、俺は、それから、彼のことがずっと気になっていた。それから、十年。俺は、カミーユがその後、どうなったか、どうしても、知りたくて、ジャワンガスタンにまた潜入し、ラクダハムに拉致された。そして人質になり、日本に無視され、死んで、ヤギになった。

トーイ　ミスター永野。なぜ、ヤギを見ている？　あなたはヤギと寝るためにこの国に来たの？

永野　……いや。喋ってるから見るよね。え？　……ひょっとして、俺だけに？

トーイ　カミーユは殺されたんだ。コナジュースを脱走しようとしたから。

永野　殺されたって？　カミーユが？　本当なのか⁉

トーイ　ハラーシュは言ったよ。日本人の遊び半分の脱走計画にそそのかされて、カミーユは逃げようとした。だから、掟にのっとって殺したって。

永野　遊び半分なんかじゃない……俺は、カミーユを本気で助けたかったんだ（床に崩れ落ちる）。本気の時代ってものがあった。あの頃は、みんな、本気だったんだ。

トーイ　大丈夫、ミスター永野。カミーユは、恨んでない。カミーユは死んで自分が望むものになった（永野を抱きしめる）。

ヤギ　俺は、拉致された場所からテロリストに一分だけ許されたパソコンで永野にメールを送った。そうだ。脅迫だ。助けに来なければ、十年前の出来事がすべて表沙汰《おもてざた》になるぞ、と。そして、案の定、おまえはのこのこやって来たわけだ。でも、ちょっと遅かったな。

永野　ヤギさん……？　おまえ、俺の先輩のヤギさんなのか？

ヤギ　おまえは、欲張りのくせに、昔っから、ワンテンポ遅いんだよ、メエエエ（胸倉をつかむ）！

ワギー　嘘つきな男が死ぬとヤギになる。ジャワンガスタンではそう言われてる。

ヤギ　え？

ワギー　ヤギは、いい男から、いいことを学ぼうとする。だから、ヤギの寄ってくる男、ジャワンガスタンでは、いい男。うはは。

爆音。銃撃戦の音。

場面は、売春宿を残しつつ、記者会見場。

ミツコが、登壇する。

フラッシュが美しくたかれる。

ミツコ　まずこのたびは夫、永野ヒロユキ、あの、『シロジロウ、四本足のない犬』で、本屋さん大賞、でしたっけ、とにかく、なに屋さんかの大賞をとった、永野ヒロユキが、内戦が始まったジャワンガスタンで本日行方不明になり、世間をお騒がせしたことをお詫び申し上げます。ジャワンガスタンからの情報は、今のところ一切ありません。（ため息しつつ）……ああ、『ヴァギナ・ダイアローグ』……。永野の、安否は確認できておりません。私、女優、辛島ミツコは、危険レベル2の国、今まさに、クーデターが起きんとする国、『ヴァギナ・ダイアローグ』に、いえ、ジャワンガスタンに、夫の安否を確かめに行こうと思います。もちろん、周囲の者全員に反対されました。しかし、夫は、唯一、私が愛している人。私を唯一、受け入れてくれる人。何があろうとも、夫を日本に連れ帰る覚悟です。
みなさん、どうぞ、あわれと思って、やい！　金屏風《きんびょうぶ》がないなあ！　どうしたのかなあ！

慌ててスタッフ、金屏風を持ってくる。

ミツコ　輝いてすみません！　みなさん、お手を。お手をお貸しください！

戦乱の爆音のなか、音楽激しく。

〽ちとちとちとしゃん、ちとちとちとしゃん。
揺れるお国と揺れる思いが、シンクロニシティ。
革命ののろし、かの地に、昇りやまず。
ジャワンガスタンの真中に、すぱりと国境がひかれ、
右派と左派とに、左と右に、
分断されるは、それより、わずかののちのことなり。
ちとちとちとしゃん、ちとちとちとしゃん。

狂ったように舞い踊る、ミツコと永野。

第二幕

G太夫のギターによる英語の『花はどこへいった』。を、内戦の砲撃がかき消してゆく。

瓦礫《がれき》の町。戦車が往《ゆ》く。

政府軍の兵士らが、瓦礫の影に走り込んでくる。

政府軍1　マージリージャ、シャヘーラマッシャ！
政府軍2　アーヌス、クッサマミレ！　アヌス、クソマミレ！
政府軍1　カニアブラショーリ！（手榴弾を投げる）

爆発音。

走り去る兵士たち。

瓦礫の奥から、パパジが息せき切って出る。

ゴーゴーボーイズたち、思いもしない場所から次々出てくる。

パパジ　達者《たっしゃ》か⁉　ゴーゴーボーイズ！
ビリー　（ダンサブルに現われながら）ビリー・ザ・キッド！
グリズリー　グリズリー・ダイアモンド！
ボールボーイ　ボールボーイ！
ワンコインマン　ワンコインマン！
映画泥棒　ノーモア、映画泥棒！
パパジ　ＯＫ。僕は⁉
全員　我らがリーダー。パパジ！

しばし、じゃれ合う。が、

パパジ　みんなが無事で嬉しく思うよ。人民戦線はよく戦ってるが、この町は、ほとんど政府軍の手の中だ。わかるよね。危険すぎる。つまり周りは敵だらけってことだ。
映画泥棒　パパジ、でも、ここを出るのも危険じゃない？

戦車が爆発する。
全員、吹っ飛ぶ。

パパジ　どこにいても危険さ。

アンノウンが、ズダ袋を持って煙を噴きながら「アンノウン」と叫びながら走り込んでくる。

パパジ　ミスター・アンノウン！
アンノウン　ピタパンと水！　俺、みんなのためにかき集めてきた！
パパジ　助かるよ。ごめんね。忘れてて。
アンノウン　大丈夫。忘れられるのが俺の仕事。覚えてられたら、俺、とっくにゴーゴーボーイズを追い出されてる。そんな感じだから。
映画泥棒　確かに。
ビリー　アンノウンって、いくつだっけ？
アンノウン　んっとねー、んーふふふ。
映画泥棒　待って待って！　心の準備がまだ。

アンノウン　四十六！

全員、爆笑。

映画泥棒　ボーイズでないし！
アンノウン　この国の平均寿命、四十九歳。
ビリー　だめだ、笑っちゃう！
映画泥棒　ボーイズでないし！
パパジ　ミスター・アンノウンは二十年も前に抱かれた客に、忘れられてまた、うっかり抱かれるというテクニックを持ってる。忘れさせの天才！　彼は、ゴーゴーボーイズそのものさ。

ボーイズたち、戯れ合う。

映画泥棒　さすがです！
アンノウン　（急に舌打ちして落ち込む）なんかなあ。
映画泥棒　え？　どうしたの!?

アンノウン 《クラブ・コナジュース》が、政府軍の砲撃で燃えたよ。トーイは、日本人の客に会いに行ったきり。ハラーシュとピージーともはぐれた。
ビリー 《クラブ・コナジュース》が……。
パパジ ……（クルクル回って）平和でないのが普通なんだ。そんな国に僕たちは生まれた。だから、恐怖とはそれなりに折り合いをつけてる。十年前の革命の頃も、僕らは子供で、なにもわかってなかった。男の前で踊ったり、楽しませることばかり必死にやってたから。……今は、男たちはいない。みんな戦争に行ってしまった。誰も僕らの踊りを必要としてない。アンノウンはあの頃兵隊だったんでしょ。恥を忍んで聞きたい。男たちを失った今、僕たちゴーゴーボーイズはどうしたらいい？

G太夫のギター。

ビリー たとえ借金を返しても、僕らの帰る村は焼けてもうない。死んだ男たちに花を捧げたいけど、この国じゃ男が、花をつんだら石を投げられる。ねえ、僕たちゴーゴーボーイズは、どうしたらいい？
映画泥棒 教えて、アンノウン。
アンノウン 歌えばいいんだよ。

ワンコインマン　歌う？

映画泥棒　（とまどう）ちょ、僕ら、ゴーゴーボーイズだぜ。

アンノウン　あ、踊ればいいんだよ。

映画泥棒　なんなんだよ。

アンノウン　戦争中に踊るなんて不謹慎だと思う？　かもしれないけど、僕らが踊っても誰もそれを覚えてない。なぜだと思う？　僕たちは、誰も自分のために踊ってないから。

パパジ　うん、自分のために踊る人はゴーゴーボーイズじゃない。

ビリー　うん。

アンノウン　だから、僕らの踊りは透明なんだ。

映画泥棒　（笑う）

アンノウン　冗談じゃない。僕らは、見えない体で踊ってる。だから、誰からもとがめられない。そういうことだ。

長唄のお姉さんたち、歌う。
それに合わせて踊るゴーゴーボーイズ。

♪花は　いずこへ　女がつんだ
女がつんだから　花はなくなった
女は　いずこへ　男に嫁いだ
男はすぐに　戦場にいった
男はいずこへ　戦場で死んだ
女は泣きながら　男の墓に
捧げる花を探した　けど　花はなかった
女がつんで　しまっていたから
（全員が歌う）男の墓の上に　花が咲くころ
男も女も　いなくなってた
ゴーゴーボーイは　墓の前で踊る
その姿は　誰にも見えない

パパジ　踊ったよ。

ピージー、走り込んできて体当たり。

ピージー　踊っとる場合か、うぇあ！
パパジ　ピージー……。
ピージー　責任者は⁉

ピージー、手を挙げたアンノウンに怖いビンタ。

ピージー　責任者は⁉

ピージー、手を挙げたアンノウンにさらに怖いビンタ。

全員　（小声で）デジャヴ？　……デジャヴ？
ピージー　うぇあ！
映画泥棒　ピージー、どうしたの？　なんだか、怖いよ。
ピージー　戦争中ですけどお⁉　戦争中にしては怖くないほうだと思いますけどお⁉　うぇあ？
映画泥棒　さすがです。

ピージー　（舌打ちして落ち込む）……なんだろなあ。
映画泥棒　なぜ、僕が、さすがですって言うと、みな……
ピージー　（呼ぶ）ハラーシュ！　おい、ハラーシュ！

大八車に銃やアンディの椅子を積《つ》んだハラーシュが現われる。

ハラーシュ　聞け。ピージーは、ゴーゴーボーイズを卒業して戦士になった。今じゃ立派な、人殺しだ。みんな銃をとれ。
パパジ　ハラーシュ！　ゴーゴーボーイズは戦ったりしない。
ハラーシュ　戦わなくていい。殺せばいい。戦う男を喜ばせるために、男を殺し、慰めるんだ。クラブは焼けてなくなったが、冗談じゃない、俺はもう、次の手を打ってある。おまえたちを職業軍人兼従軍慰安少年としてレンタルするのさ。経験は実戦で積め。第一号のピージーは、すでに十人殺した。
ピージー　（怖い顔で）十一人だ！
ハラーシュ　ああ、十一人だ。うん。顔やめろ、きったねえんだよ！　その顔。はいはい、やめろ。きったねえんだよ！　いいんだ、もう、やめろ、きったねえよ!!
ピージー　（渾身の）べろべろばー！

ハラーシュ　なんだよ……。戦争もダンスも男相手の商売には変わりない。俺の目に狂いはなかった。おまえたちのすごいところはな、喜ばすことにおいて、決してためらわないところだ。考えるな！　とれ！

ボーイズたち、しぶしぶ銃をとる。

ハラーシュ　トーイが逃げた。日本の客と。

色めき立つボーイズ。

ハラーシュ　（パソコンを拡げ）見ろ。ドンガラド・シャーの海沿いの町だ。トーイを殺す。ゴーゴーボーイズの掟だ。

どよめく、ボーイズたち。

ハラーシュ　選べ。ジャワンガスタンから政権をもう一度ラクダハムに奪還する戦いの戦士となるか。

トーイを追って、息の根を止めるゴーゴーボーイハンターになるか。

ボーイズたち、右と左に別れる。

パパジ　（ハラーシュからパソコンを受け取る）まだ、何も知らないトーイを殺す気にはなれない。しかし、他の皆に雑に殺されるくらいなら、僕が、繊細に殺してあげたい。……行こう、父さん！

アンノウン　ああ。

全員　父さん⁉

パパジ　……今のは、聞かなかったことにしてくれ。

パパジとアンノウン、去る。
ボーイズたちも反対側に去る。

ハラーシュ　死体は必ず、持ち帰るんだぞ！　皮が大事なんだ！　……私の大事なトーイが死ぬ。私の椅子が増える。この椅子は、美しい少年の墓だ。（涙がこみ上げる）……トーイ、こんなに早く逃げるなんて！

〽一方、ここは雲の上。
妻と、マネージャーが仲もよろしく、
二人ぼっちの空の道ゆき。

飛行機。ジェット音。
客席。ミツコとカメラを回しているオカザキ。
間。

アナウンス　皆さま、当機はまもなく、ジャワンガスタン国際空港に着陸しますが、たった今、外務省は、ジャワンガスタンの危険レベルを、退避勧告レベルに引き上げた、との通達がありました。現地の内戦状態の激化によるものと思われます。
ミツコ　……カメラ止めて。最悪。
アナウンス　燃料の関係上、いったん、空港に着陸しますが、ジャパン・アジノモト・エアラインは責任を持って、日本にUターンする便をご準備しております。皆さま、到着後は、その便へのご搭乗すみやかにお願いします。
ミツコ　まじか（ためいき）……とんぼ返りじゃ、意味ないじゃん。

オカザキ　まあ、ぜんぜん想定の範囲内ですけど。
ミツコ　あー、腰が痛い。国際線で、こんな狭い椅子ある？　だから、アジノモト・エアラインは嫌いよ。
オカザキ　しかたないですよ、ＪＡＬやＡＮＡはとっくに、渡航を中止してるし、飛行機代も映画の製作費から半分負担してもらってるんだから。
ミツコ　私たち以外、誰も乗ってないんだから、ファーストクラスに座らせてくれてもいいじゃないよねえ。はあ、まいったわ。
オカザキ　ある意味、ラッキーなんですよ。とんぼ返りになったとしても、辛島ミツコは、危険レベル３の国に、命を顧《かえり》みず、愛する夫を探しに行ったっていう美談の担保がとれたわけですから。ああ。逆にホッとしましたよ。
ミツコ　担保？　担保って？
オカザキ　少なくとも行きはしたという、なんというか、証拠？
ミツコ　……証拠も何も、私は行くんですよ？　オカザキさん。
オカザキ　ええ、ええ？
ミツコ　夫のパソコンに履歴があったの。ジャワンガスタンの日本人活動家と連絡を取り合ってる。電話番号もわかってるし。
オカザキ　ちょっと待ってください。内戦状態なんですよ、危険すぎます。

ミツコ　あのね、口実を作りに行くわけじゃないの。助け出さなきゃ意味ないの。
オカザキ　ミツコさん？　僕たちは、昨日成田のホテルで、めちゃくちゃ愛し合いましたよね。
ミツコ　もちろん、ジャワンガスタンに行っても夜はあなたと過ごすでしょうね。彼が帰ってきたら、私たちは終わるんだから。
オカザキ　それは（少し傷ついて）……もちろん。
ミツコ　映画女優として話題も欲しい。ありのままの私じゃ、どうにもならないんですものね。でも、もう、国に着いたら私は女優でいられない。夫を探すの。見つけるまで、全力で！
オカザキ　なぜ!?　論点がずれ過ぎです！
ミツコ　夫婦ですから！　全力ですよ、それは。立場が逆でも、夫はそうするわ。そうするべきでしょ？
オカザキ　映画はどうすんすか!?

気丈そうなＣＡ（キャビンアテンダント）が出てくる。

オカザキ　ああ、すいません。
ＣＡ　皆さま、といっても、お客さまだけですから、お客さまだけに申し上げます。まもなく当機は着陸しますが、ただいま、ジャワンガスタン空港から重要な通達がありました。

オカザキ　……？

ＣＡ　空港が、ラクダハムの反政府軍に制圧されました。

オカザキ　えええ！

ＣＡ　ご安心ください。空港としての機能は、変わりはありません。ジャパン・アジノモト・エアラインは、お客さまの安全の確約を、反乱軍の責任者と交渉する態勢に入っており、すまんですドマンチョス。

ミツコ　……え？　えっ？

ＣＡ　どうか、私どもを信頼せるジオ、ドマンチョス。

オカザキ　え？

ＣＡ　ご安心ください。到着後はキャンダビンドンドンの指示に従って、そそみやかに行動を、おみそ願います。

ミツコ　だ。あの、大丈夫？

ＣＡ　大丈夫だ。

オカザキ　完全に大丈夫じゃないでしょ。

ＣＡ　当機は、まもなく、ジャンガラガスタン……失礼しました。スッチャラ図鑑……ズンズリ、ズンズン音頭……や。

CA、無言で大量の小便を漏らす。

オカザキ　何!?

CA　お気にしだませよ。

オカザキ　気になるよ、あらゆる意味で！　なにか。拭くもの（と、去る）。

CA　……とにかく。ふっ。空港に着陸します。……ふうっ！

CA、突然のけぞり、足を激しくがくがくさせる。

ミツコ　……（驚愕）いったの!?

CA　……（目を閉じたまま）これが……そうなんですの？

ミツコ　え？　もしかして、初めて？

CA　（目を固く閉じたまま前歯を出してうなずく）

ミツコ　……おめでとう……で、合ってるかしら。……女の身体って、不思議よね！

溶暗。

歌。『ミスター・ロンリー』。

波の音。

海辺の小屋。屋根に、機関銃が備え付けられている。

老女のような丸山と談笑しているパパジとアンノウン。

パパジ、テーブルにパソコンを拡げている。

丸山　へえ。まあ、お父さんでいらっしゃるんですか。

アンノウン　そう、なりますかね。

丸山　（奥に）アキ子さん、棚に全粒粉《ぜんりゅうふん》のクッキーもあったからお願いね。

アキ子の声　はーい、ちょっと今テレビを観てて。

アンノウン　もう、この子がね、ゴーゴーボーイになってから、心配で心配で。まあ、売り飛ばした身で言うのもあれなんですけど。

パパジ　父さんが、クラブのオーディションに来たときは、ほんとに顎《あご》がはずれそうになっちゃって。

アンノウン　しょうがないじゃないか。うーん。

パパジ　（ひっぱたいて）照れんなよ。最初は、なんでおまえが来るんだよって感じでしたけど。

アンノウン　だから、おまえが心配だったからだよ。

パパジ　今はね、逆に、お互いに愚痴をこぼせるような？　いい距離感の関係になりましたねえ。

丸山　よくでも、まあ、四十歳を過ぎて、ゴーゴーボーイズに入れたものですねえ。

アンノウン　自分でもあれですけど、声が高かったからですかねえ。

パパジ　（うける）そこ？

アンノウン　自分の行動にもびっくりしてますけど、我が子ってのは、それだけでもすごい存在なんですね。

老女の恰好のアキ子、ジュースとクッキーを持って登場。

アキ子　声は大事ですよねえ！　（丸山に）ジャワンガスタン空港が反乱軍に占拠されたらしいわ。

丸山　そう……いいニュースではあるけど、もう、当分、日本には帰れないわね。

アキ子　（パパジに）私たちも、日本人の女じゃないですか？　やっぱりどうしても、こっちの男性の性欲の対象になってしまうもんですから。それで、いろいろ試行錯誤した結果、老婆がいいぞ、老婆になろうってな話になりまして。ねえ、丸山さん。

丸山　声から入ったんです。へえ。お婆さんの声を研究して。話すスピードとか。

パパジ　へー。
アキ子　それで、もう、この頃は、全然町で声をかけられなくなって。
パパジ　なんか、かっこいいですね。
丸山　やっぱり、いろいろ試したけど、老婆が一番よね。
アンノウン　でももうやめたら？　茶番くさいから。
パパジ　（パソコンを見つめて）入ってくるよ。

永野とトーイとヤギ、入ってくる。
半裸で、貝を取りに行った帰りらしい。
パパジ、笑う。

パパジ　うわあ、正確だ。
永野　……どなた？
パパジ　やあ。
丸山　《クラブ・コナジュース》の同僚の方ですって。
永野　……。

トーイ　パパジ。

パパジ　お邪魔してます。

アキ子　座ったら？　トーイの好きな、全粒粉のクッキーと、ブドウのジュースよ。粉ジュースだったらおもしろかったけど、残念。

丸山　（パパジに）この方は、日本人でジャーナリストの永野さん。

パパジ　こんにちは。

永野　……どうも。

パパジ　海に行ってたんですって？

永野　サザエが取れるっていうから。（丸山に）ベティは？

アキ子　まだ、連絡がつかない。

永野　そう。もう三日になるのに。

パパジ　すいません、突然お邪魔しちゃって。いやー、まさか、こんなに遠いところだとは。車で八時間ですよ。こんな田舎の海岸に日本人がいるんですね。

丸山　ですって。

永野　はは。いるよ、日本人は、いろんな国の海岸でサザエをとっているんだよ。

永野とトーイ座る。

パパジ　あれ、このヤギ……ん？　どっかで。

顔をそむける、ヤギ。

トーイ　なぜかこの人に、なついてるんだ。……ヤギに好かれる男は。
トーイ・パパジ　いい男（笑う）。
ヤギ　笑っとけ、永野。
永野　……ははは！　どこがいい男か！　どこがいい男か！　どこがいい男かよう！
アンノウン　どうしたのよ、トーイ。
トーイ　え？
パパジ　急にいなくなるからさ、びっくりするじゃない。
トーイ　いなくなりたかったわけじゃないけど。
アンノウン　そうなんだ。
トーイ　ごめん、誰？

アンノウン　（指を鳴らす）ほらね、アンノウン！
ヤギ　こいつは、パパジだ。俺たちが初めてコナジュースに来たときはこんな子供だった。まだ、生きてるとはな。
永野　……覚えてる。
パパジ　このジュース。つぶつぶが入ってる！
アキ子　ええ。ならよかった。私、テレビを観てきますね（去る）。
パパジ　テレビっていいですね。嫌な番組が始まったら、チャンネルを変えればいい！　現実は、そうもいかない。
永野　……説明させてもらっていいかな。
ヤギ　慎重に行けよ！　クッキーでも食べて（食べさせる）。
永野　わかってる。（クッキーを食べて咳こむ）ばふっ！　ばふっ！　なに入れた⁉
ヤギ　クッキーだよ！
永野　ばふ！　なんでクッキーを口に。
ヤギ　（バンバン、テーブルを叩き）入れる前に断っただろ！　落ち着くんだ！
永野　うるさいよ！
アンノウン　ヤギだからな。

永野　……（アンノウンにビンタ）俺は、ある人を救いたくて、ベティという女性に近づいた。そうしたら、彼女から、その、《クラブ・コナジュース》でトーイという名のゴーゴーボーイを買えと指示されたんだ。僕は、ゲイじゃないがね。

パパジ　へえ。

永野　トーイが売春宿に来て、しばらくしたとき、銃を持った男三人が部屋に無理やり入ってきた。俺たちは、銃を突き付けられたまま目隠しをされ、車に乗せられた。十時間ほど走って目隠しをとられたら、ここだった。

丸山　ごめんなさいね。ここは誰にも知られちゃいけないところだったから、仕方なかったの。

パパジ　うん。

アンノウン　うん。

永野　つまり、トーイは何も知らないんだ。もちろん、俺も。

パパジ　で？

永野　で？　（笑う）ないよ、それ以上の話は。

パパジ　それで、あなたがたは、ここで、何をしてるんです？

丸山　ベティさんの帰りを待ってる。ああ、ベティというのは、この子のお姉さんで、ラクダハムと共闘してる新サザム民主派の政治活動家なんです。すごくその、パワフルで、エッジの効いた人よ。

ここは、彼女の、アジト。私たちね、彼女の活動の支援をしてるの。彼女の政治運動が成功すれば、この国の女性の地位も向上するし、実際……いまだに奴隷で売られる女もいるから……それに、あなたたちのような性的マイノリティもこの国で、ねえ。

パパジ　は？

丸山　……あなたたち、売春の現場を押さえられたら、死刑なのよねえ。

パパジ　ええ。

丸山　そんな野蛮なソドミー法の廃止も新政権の法案には含まれてるの！

パパジとアンノウン、うける。

トーイ　来たときにも言ったけど、僕の姉さんの名前はベティじゃない。

永野　偽名を使ってるんだよ。危険思想の持ち主ってことになってるから。

パパジ　その人は今、どこに？

丸山　パワンガン市にある反政府主義者の集会に行ったの。でも、途中で、激しい内戦が始まって……それからぷっつり連絡が途絶えてしまったのよ。彼女のことだから、たぶん、安全なところに隠れているんだと思うけど。

パパジ　（コップを叩き割る）……どうしてだろう？　（笑う）僕に教育がないせいですかね。話が入ってこない。

丸山の電話が鳴る。

アンノウン　……出ていいですよ。……どうぞ。
永野　ベティか？
丸山　……違うわ。もしもし。丸山です。……ええ！　まあ、ほんとに？　おります。もちろん無事です。ここにおります！
永野　……？
丸山　あなたの奥さんのミツコさん（携帯を渡す）。
永野　ええ!?　なんとな？

ミツコ、別の場所にスカーフを巻いて出てくる。
ヘリコプターの飛ぶ音。
ジャワンガスタン人の兵隊のサイン攻めにあっている。

ミツコ　無事なのね？　よかった。とりあえず私の状況を言うと、硬い椅子に、八時間も座り続けてお尻が崩壊してる。
永野　お尻が崩壊？　お尻が崩壊って。具体的に、ど。どういう状態⁉
ミツコ　追及する話でもないの、尻の状態は。心臓がひっくり返りそうだったわ。だって、電話が通じないんだもの。思い出してよかった。あなたがくれたメールに、添付で丸山さんのアドレスが入っていたの。（兵士に）センキュー。
永野　ああ。ごめん。え？　今、え？　どこ？
ミツコ　ジャワンガスタン空港。ごめん、すごくうるさくて。
永野　空港？　今⁉
ミツコ　探しに来たのよ、連絡がつかないから。心配で。ここだって物騒よ。さっき急に新ラクダハムスタン空港って名前に変わったって言われるし。機関銃持ったきったない人がウロウロしてる上に、聞いてよ、ひっきりなしにサインを求めてくるの。
永野　ははは！
ミツコ　冗談じゃないわよ！　さっきからビューティフルビューティフル言われて大変なのよ。
永野　ははは！

ミツコ　笑うとこかな？　まあ、悪い気分じゃないけど、LINE《ライン》交換してくれってしつこいのよ。ねえ、びっくりするわよ、私のスタンプまであるの！

サスペンス音。
いろんな死に方をしているミツコのスタンプで舞台が一瞬埋め尽くされる。

〽ジャワンガスタンでは、
二時間サスペンスが流行っていたって言ったじゃないの！

永野　なにそのスタンプ！　絶対うけるやつじゃん！　それ、すげえほしいんだけど！　なに、すげえほしい、それ！
ミツコ　ヤギさんには、会えたの？
永野　あ……会えた。
ミツコ　よかったじゃない。
永野　ああ。人間の状態ではなかったけど。
ヤギ　めえええ。

ミツコ　……？　どういうこと？
丸山　どうしたんです？
永野　あ……妻が僕を、探しに来たって。
アキ子　まあ、なんて素敵な奥様!?
ミツコ　あなた今、どこにいるの？　安全な場所なの？
永野　ちょっと待って。（丸山に）僕らのいる場所って、言っていいんですか？
丸山　……それは、どうかしら、いちおう隠れ家のテイなんで。
永野　あ！
アンノウン　（銃を構えている）

アンノウン、ゆっくり永野の手から携帯をもぎ取る。

ミツコ　もしもし！　もしもし！　なにが起きてるの！
永野　な、なるほどね、これ以上人が増えたら手におえないってわけか。（叫ぶ）ミツコ！　ここは、
ドンガラド・シャーの海沿いの。
アンノウン　（携帯を床に落とし、踏みつぶす）

丸山　ボタンを押せば切れるのに！
ミツコ　あなた！　どうしたの！　あなた！　……ドンガラガッシャンってなに？

ミツコのいる場所、溶暗していく。

永野　……（恐怖を抑え）なに、さっきから怯えてんだよ、おまえたち。
パパジ　おびえてる？（笑）なに言ってくれちゃってるの？
永野　おまえたち、今、不安なんだろ。こいつらどこまで知ってるの？　どれくらいの戦闘能力があるの？　ベティってそもそも何者なんだ？　大物だとしたら部屋の外にも仲間がいるんじゃないか？　そいつらは銃を持ってるかもしれない。ここで銃撃戦が始まったら、果たして、二人とも生き残れるのか？　すべてをわかってるようなニヤニヤ笑いをするしかない。だが……それは、不安を隠すためのブラフだ！　違うか？　知ってるんだ、パパジ。十歳の頃、おまえは泣き虫な踊り子だったよなあ!?　お化けが怖いって泣いてたよなあ！
パパジ　……なぜ。
ヤギ　どうした？　調子がいいじゃないか？
永野　黙って。こっちだってブラフかましてんだ。正直めっちゃビビってる。

トーイ　永野さん！

永野　トーイ、わかってるだろ？　彼らはおまえを追って来たんだ。

トーイ　わかってる。そして、僕を殺す。

パパジ　いやいやいや。

トーイ　殺して、皮を剝《は》ぐ。

パパジ・アンノウン　（苦笑）かーわーは、はーがーない。

永野　おまえらだって、素人だろ！（銃を構える）

突然、ドアが開いて死んだ豚が飛び込んでくる。

全員　わあああああ！

ついで、ワギーが飛び込んでくる。

ワギー　ワギーが来た！　もう、安心だろう！　ミスター永野、安心だろう？

パパジ　誰だ!?

ワギー　まだ、こっちの確認作業が終わってない！　ミスター永野、どうだ、安心だろう？　安心だろう？
永野　……。
ワギー　俺はミスター永野のガイド。
パパジ　あきらめたのか。
ワギー　あきらめた。しかし、ガイドは、雇い主を守る！
パパジ　おまえ、何を持ってる？
ワギー　パレットだ！　油絵を描いている途中にもかかわらず来た。
アンノウン　（下敷きになって）……この豚はなんだ！
ワギー　（ブチ切れる）すべてが説明されるわけではない！

ヤギも混じって、しばし、戦い。
アンノウンが発砲。
丸山、目を押さえて叫ぶ。
アキ子が、奥の部屋から出てきて、機関銃をぶっぱなす。飛び散る、壁や天井の破片。

アキ子　丸山さん！

いつのまにか素っ裸になっているアンノウン、銃を構えようとするのを、永野、撃つ。

パパジ　父さん！

アンノウン　……今は、逃げろ、パパジ！

パパジ　でも。

アンノウン　おまえには、あの肛門がある。あの、なんというか、確実な肛門が！　それがあれば、生きていける。

パパジ　あの？　って、もしかして、あの嵐の夜のあれは、あの優しさは……父さん⁉

アンノウン　……パパジは、確実に肛門だった。

永野　なんの話をしてるんだい⁉

パパジ　（逃げながら）トーイ！　一緒に来い！　僕の編み出した技「古墳、大きいやつの横に必ず小さいやつ」のすべてを教える！

永野　だからなんなんだそれは！　行くな、トーイ、殺される！　……俺に、あの、お願いだ。

トーイ　何？

永野　その……もっと親切にさせてくれ！　危険な目に合せてしまった俺のお詫びだ。お詫びとして親切を……なすりつけたい。トーイ。なすりつけさせてくれ。

丸山　……目が！（目から血を流している）

パパジ　トーイ！

カミーユの皮で作られたアンディの椅子がどこかに浮かび上がる。

トーイ　……永野……僕が死んだら。

永野　おまえは死なない。

トーイ　カミーユの椅子より、キレイな椅子にしてくれる？

永野　（うなずく）それで詫びたことになるなら。

トーイ　パパジ、行ってくれ。僕は、まだ、永野との仕事が終わってない。

パパジ、忌々しげに逃げる。

アキ子　大丈夫よ！　丸山さん、病院に行きましょう！

丸山　世界を見たかったの。世界に私を見てもらうために！　でも、これじゃ、どうにもならない！

見ることも見られることもできない。もっと早く帰ればよかったのよ！

アキ子 日本に帰っていいことがある？　また旦那の暴力が待ってるだけじゃない。大事なのは、プライドよ！　尊厳よ！

丸山 ……もう何も見えない。

永野 ワギー！　彼女を連れてけ。

ワギー ……。

永野 どうした？

ワギー ……永野を安心されられなかった。

永野 いいよ、仕方ないよ。

ワギー なんだろう。……モチベーションが。

永野 そんなこと言ってる場合じゃないんだ！

ワギー、丸山をアキ子と外に連れていく。

永野 おい（アンノウンに）。死んだのか……？　俺は、この男を、殺してしまったのか？　俺は。

ヤギ 仕方なかったんだよ、永野。

永野　（ブチ切れる）仕方ないじゃすまないでしょうよ！　死んでるくせになんだ！
ヤギ　仕方ないですまさなきゃすまないのが、この国なんだよ！　ちょっと待て、あ、俺死んでた。
トーイ　永野、ヤギ相手に何を一人で叫んでる。
ヤギ　……（落ち込む）ヤギを相手に叫ぶことは、一人で叫ぶことなのか？
トーイ　（ナイフを取り出し）お願い、僕に親切にして。永野。
永野　……（ナイフを受け取る）え？
トーイ　（シャツを脱ぎ、上半身裸になって）そのためには、僕をハラーシュから切り離さなきゃいけない（尻を指さして）。ここに、ＧＰＳが埋まってる。えぐりとらない限り、追手が来る。
永野　……トーイ。なんと言ったらいいか。俺のせいで……
トーイ　もう、どの道、ハラーシュのところには戻れない。（永野のシャツを脱がせて）血が飛ぶんだよ！（永野をビンタする）
永野　（泣く）
トーイ　どうしたの？
永野　妻が、命をかけて俺を探しているときに、俺は、人を殺してしまった。そのうえ、雰囲気に流されて何かよくわかんないことやろうとしてる。
トーイ　大丈夫だよ。あの男は、きっと、もう、死んだことを忘れてる。

アンノウン　あれ？（起き上がって去る）
永野　ほんとだ。
トーイ　見なくていい。

トーイ、永野に口づける（約十秒）。

永野　（たまらなくなって抱きしめる）ああ！　すっげえ。

永野、口づけを返しながらトーイのズボンの中に手を入れる。

トーイ　ヤギが見てるけど？
永野　……先輩。いなくなって。
ヤギ　（泣く）俺が死んだとしたら、いなくなれないよ、これ以上。

どこからか官能的な歌、ダバダバダバ……。

トーイ　（窓際に手をつき）お願いします！
永野　（後ろに回ってナイフの位置を探る）ここか？
トーイ　もう少し下。
永野　……ここ？
トーイ　……そう。ああ！

〽永野は、トーイに、
ナイフをサッと突き立てて。
ナイフは、トーイの体の中の、
ありかを探して、彷徨えば、
彷徨いの果てに、たどりつきしは、
物語上の愛のありかか。

永野　これか⁉

永野、血だらけのＧＰＳチップを取り出す。

トーイ、永野に口づけする。

が、痛みで失神するトーイ。

泣き続けるヤギ。

ジープを乗りつける音。

戦争の勝利を意味する音楽がラジオから流れている。

ベティと護衛兵が二人、降りてくる。

ベティ　アキ子！　丸山！　勝ったわ！　ごめんなさい、連絡ができなくて（入ってくる）。

びっくりして隠れる、永野とトーイ。

ベティ　今日は、記念日になるわ！　一時間前、ラクダハムと私の新サザム民主派の連合軍が、首都を制圧したのよ！　政権交代は目の前。私が、この国の歴史で初めて閣僚入りする女性になる。この日をどれだけ夢見ていたか！　隠していたワインを出してちょうだい。女が人間扱いされる歴史的な日よ！　ああ、疲れちゃった、今日初めて座るわ。新政権は親日派だから、あなたたち歓迎されるわよ！　ふはは。本当は、ジープでビールを飲んだから少し酔ってるの。ああ、とびっきりの猫の屁が吸いたい！　真剣な顔で屁をする猫が大好きなのよ。私はね、あなたたちに女性のための新しい法案のオブザーバーになってほしいんだけど、なにこの豚の死骸《しがい》！　そして、泣いてるヤギ！

永野　ベティ……ちょっとしたいざこざがあって。今、二人は病院に行ってる。

ベティ　永野……弟を連れてきてくれたのね⁉

永野　ああ。まあ。

ベティ　拉致みたいに手荒な真似をしたけど、ここの住所を知られたくなかったの。あなたに……言いづらいことがあるわ。まあ、座って。……内戦のあいだに偶然ラクダハムのシャーバランに会ったから聞いたんだけど、あなたの提案と一足違いで。

永野　僕の先輩は処刑されたんでしょ。

ベティ　……なぜ知ってるの？

ヤギ　聞いてくれ。俺は、何の罪で。

永野　彼は、何の罪で殺されたんです？

ベティ　罪？　知ってどうなるの？　それで生き返るのなら聞いてあげてもいいけど、もう、無意味だわ。

ヤギ　俺の、俺という人間の、いや、もはやヤギという人間だが、俺の価値の話になぜ意味がない⁉　俺の屁でも吸いやがれ！　わっ、ミが出ちゃった！

ベティ　なんなの、このヤギ？　ミを出したわよ？　まあ、いいわ。ねえ、弟がいるなら会わせて。

トーイが意識を取り戻して立ち上がる。

ベティ　……誰？　その子。
永野　あなたの、弟、なんじゃないですか？
ベティ　違う。ビリーじゃない。写真を渡したでしょ！　こんなに華のある子じゃない！
永野　ちゃんと見たけど、この国の若い男はみんな同じ顔をしてるから……。
ベティ　（手から刀を出して）ペテンにかけたわね、私を。
永野　違うんです！　（しょっぱい顔で）俺、日芸の血筋だから。ちゃらくて間違えちゃったんすねえ！
日芸、はんぱねっす！　ああ、僕が、早稲田《わせだ》か慶應《けいおう》だったらこんなことにはならなかったのに！
ひひひひ。あなたにはわからんでしょうな！　日芸卒が物書きとして生きる苦しみが！　（泣く）
せめて中退していれば、ちょっとカッコもついたのに！

全員が二人に銃を向ける。

ベティ　（「マルサの女」のように叫ぶ）二人を拘束しろ!!

護衛の二人、永野たちを拘束していく。

永野　トーイ……ごめん。俺は、嘘をついた。ビリーが彼女の弟だと知ってて、君を買ってしまったんだ。買わずにいられなかった。なんて、バカなことを……。

トーイ　大丈夫。拘束はされ慣れている。それに、今度は一人じゃない。

連れていかれる二人。

ヤギ　かつて預言者は警告した。美少年を見つめすぎるな。彼は魅力的だから必ずや罪を犯してしまうからだと。ならば永野は、トーイを見つめすぎた。十年前のあの頃と同じように。罪を犯すと地獄に落ちると言う。俺の地獄は、このありさまだ。永野！　おまえは俺より罪を犯してる。おまえの地獄のありさまを、俺は確認する！　つきまとうぞ！　ヤギとして！

永野　（戻ってきて）いやだ！

ヤギ　「いやだ」と言っても！

〜革命の日の陽は落ちて、
新しい世界の夜は暮れども……
妻のよるべはいまだなきまま。
町のどこかのおばさんの家。
まごうかたなき、おばさんの家。

赤ちゃんの泣き声。
エキゾチックなジャワンガスタン人の家。
祭壇がある。部屋の中心には水パイプ。
眉毛がつながった不穏なおばさんとミツコ、床に座る。
うっすら口髭《くちひげ》の生えたミツコの、鳥の巣と一体化した髪の毛の中で何かが鳴いている。
おばさんの横には、赤ちゃんのいるベビーケージ。
よくわからない気まずい沈黙。
奥から、オカザキののんきな鼻歌。

ミツコ　……新しい政府になったんでしょ？　どんな感じなんですか、国民の方としては？　ダクラハム？　いや、違いますね。とにかくなにかのハム。ですよね。日本だったら、ハムって言ったらもう、ねえ、お中元とかで有名なんですよね。

おばさん　……。

ミツコ　うん……まあ、あんまり実感ないですよね。ごめんなさい。状況がねえ、安定するまでは、いいも悪いも言えないですよね。うん。

おばさん　……。

ミツコ　そうだ。うっかりしてた……なんとお呼びすれば。

おばさん　おばさんでいいわよ。

ミツコ　ふっ。それじゃあんまり。

おばさん　いいのよ、おばさんで。おばさんでいいのよ。おばさんでいいじゃねえかよ。なあ？　あ？

ミツコ　……じゃ、おばさん。

おばさん　……。

ミツコ　そろそろあの、教えていただきたいんですの。

おばさん　なにを？

ミツコ　仮設の日本領事館の場所。

おばさん　……。

ミツコ　知ってるっておっしゃったから、空港で。

赤子　（泣く）うへーへーっ！　うへー！　へへへえ！

おばさん　うるさいよ！　この赤ん坊が！　……あ？

ミツコ　うん。だからあの、空港で、日本人の捜索願いの受付を、探してたんですね。五時間！　五時間ですよ。いろんな所をたらいまわしにされて、聞くたび、あの、スキンシップを求められて。見てください。あまりにもオヤジたちにキスされたから、髭《ひげ》がうつったんです。しまいには、知らない女に、スズメの巣を投げつけられたけどなんだろう。頭に今、一羽棲みついてますけど、な、あの、もう、はは、いろいろ不思議すぎて逆に気にならない！　それが怖い！　（奥に）オカザキ君、風呂長くないかな！

おばさん　おん（水パイプを吸いながら）。

ミツコ　で、灰色の背広を着た、なにかとりえず外国人の面倒の窓口でございます、といった風情の男がようやく見つかって、本体は空爆で焼け落ちたけど、仮設の？　プレハブっぽい日本領事館ができたらしいと、私たちに教えてくれたんです。まあ、それなりのお金は払いましたけど。

おばさん　それは。

ミツコ　ええ。

おばさん　かなり怪しい男だね。

ミツコ　えっとお……。その人に、あのタクシーのおばさんに聞けばわかるって言われて、おばさんのタクシーに乗ったんです。

おばさん　まじか⁉

ミツコ　たぶん、日本の三倍くらいの料金を払って。で、今、ここにいるんです。

おばさん　（驚愕）まじか⁉

ミツコ　「まじか」じゃない！　この話、ここに来て、七回目です。ちょっと、オカザキ君！

オカザキ　（寝間着姿で現われる）いやー、いいお風呂でした。すっかり長湯しちゃって（カメラを構えている）。

ミツコ　長湯しないで。状況見て。スウェットに着替えないで。

オカザキ　お髭、とりましょう。（とってあげて）頭は……うん、逆に『装苑』の表紙みたいでありかもしれない。……で、おばさん。こっちもね、携帯の電波は混乱してるし、ネットはどこ行ってても接続制限接続制限、空港は閉鎖されて、いつ日本に帰れるかわからない。本気で手掛かりがほしいんですよ。命がかかってるんだ！　男同士、本音で話しましょうや。（金をつかませる）これで、なんとか手を打ってくんないかな？

おばさん　男じゃねえし（金を捨てる）。

オカザキ　（ミツコに）打つ手がないす。

ミツコ　（あきれて）粘りなさいよ少しは！

外で、機関銃を打つ音が聞こえる。

オカザキ　……なに？　もうクーデターは終わったはずだ。

おばさん　粛清《しゅくせい》が始まってるのさ。

オカザキ　粛清？

ベベンと三味線。

おばさん　政府軍に通じていた民間人を、新政権の兵隊が殺してまわってるんだよ。当然さ。そう簡単にいつもの日常が始まるわけじゃない。こっからだよ。こっからきっちり辻褄《つじつま》合わせで殺されるのさ、昨日までの隣人が、昨日までの隣人に。前の内戦でもそうだった。

人が走る音。拳銃を打つ音。悲鳴。

ミツコ　……ごめんなさい。わかったようなこと言って。……お中元とか、ほんと、自分でも何言ってるんだろうって。
おばさん　あたしね。
オカザキ　うん。
おばさん　この人のファンなの。ぐふ。テレビのサスペンスで何度も見たわ、殺されるとこ。あれ好き。この国の人間は殺されるときの辛島ミツコが大好き！
ミツコ　え？　じゃ、今までの態度は？
おばさん　（手で顔を隠し）き、緊張してたんだい。
ミツコ　あ……ああ。
おばさん　見たい。
オカザキ　なにを？
おばさん　この人がガラスの灰皿で殴られるところ。あるから、ちょうどいいのが（灰皿出す）。
ミツコ　……え？　なに言ってるの？
おばさん　写真撮ってインスタにあげるの。……ダメ？
ミツコ　……。
おばさん　そしたら、お礼に紹介できるんだけどねえ、仮設日本領事館のこと。

オカザキ　……バカバカしい。なんなんだよ、インスタって。
おばさん　インスタグラムだよ。
オカザキ　知ってるよ！
ミツコ　やりましょう。
オカザキ　ミツコさん。
ミツコ　こうしてるあいだにも夫は死んでるかもしれないのよ。やって、オカザキ君。やってるところも撮って！　……ＤＶＤの特典映像にも使えるわ！

オカザキ、弱々しく殴る。コン。

オカザキ　えい。
ミツコ　あああ……あああああー。がくっ。
オカザキ・ミツコ　ということで。
おばさん　（スマホを下げ）帰れや！
オカザキ・ミツコ　え？　ええええ⁉
おばさん　いい。いい。あ、そう来る？　そんな感じなら、ぜんぜん、けっこうです。（手で払う）ゲームオーバーね！（寝る）あー、なんだかなあ、誰かれかまわず、抱かれてえなあ！

赤子、激しく笑う。

おばさん　うるさい！　赤子！　バカ！　子泣き！

ミツコ　もう一度！　もう一度チャンスを！　この子、ゆとり教育の申し子なんです！　ゆとりが触ったものは、みんなゆとりになるってえ話じゃあありませんか！　これ、ゆとり灰皿だから、つい、ゆとり死にしちゃって！

おばさん　しょうがない、私がやるわよ。

ミツコ　お願いします。オカザキ君、撮ってあげて。

おばさん、ミツコを殴る。

ごん！　と、すごい音がしてミツコ、人形のように倒れる。

オカザキ　えええ！

おばさん　きゃあぁ！

オカザキ　あんたでしょうが！
おばさん　バカだね！　撮るんだ！　この表情も！　きやああ！

オカザキ、仕方なく、おばさんをスマホで撮る。
子供、激しく笑う。
音楽。いろんな場面が走馬灯のように……

〽ハラーシュは、戦果を挙げクーデターの立役者となりて、金儲け。
パパジは、瓦礫の山のなか、仇《かたき》を求めて彷徨った。
ベティはラクダハム政権の閣僚となり、
果て無き意味不明な拷問を受ける永野とトーイとヤギだった。
諸行無常、諸行無常、祇園精舎《ぎおんしょうじゃ》の鐘の声。

再び、おばさんの家。
ミツコ、スズメの死骸を抱いている。

ミツコ　スズメ……この子が……この子が私を救ってくれた……。
おばさん　よかったじゃないか。じゃあ、私の息子のオツーブを連れてくるよ。
ミツコ　え？
おばさん　（引っ込みながら）今は無職だけど、オツーブは、日本領事館で運転手をやってたんだ。自慢の息子さ。
ミツコ　ほんとですか！　（オカザキが体育座りでうつむいているので）どうしたの？　オカザキ君。
オカザキ？　（泣く）スズメが、かわいそくて……かわいそくて。
ミツコ　（抱きしめる）繊細なのね。優しい子（キスする）。
おばさん　人んちで、おっぱじめないでよ。

おばさん、移動ベッドに乗せたオツーブを連れてくる。

ミツコ　まあ、どうなさったの？
おばさん　自爆テロの巻き添いさ（毛布をとると、オツーブには四肢がない）。
間。

オツーブ　ああ。わかりますよ。そんなふうになる感じ。
ミツコ　……あ、あの。
オツーブ　考えてるんでしょ。こんなとき、どうリアクションするのが、正しいのか？　あ、嫌味《いやみ》で言ってるんじゃないですよ。僕が逆の立場だったら、おんなじふうになっちゃう。うん。すごくわかる。
ミツコ　いえ、そんな、あの、お気の毒に。（オカザキに）ねえ！　気の毒よねえ！
オカザキ？　そうですねえ（顔を上げると、明らかにオカザキじゃない）。
ミツコ　え？　あれ？
オカザキ？　残酷です、としか、言いようがありません。
オツーブ　いえ、ミツコさんこそお気の毒ですよ。旦那さんが行方不明なんでしょう？
ミツコ　いや、ん？　ええと。まあ。でも、あなたに比べたら……だって。
オツーブ　同情してくれるんですか？
ミツコ　もちろんです！
オツーブ　まじで！　やったあ！　母さん！　母さん！　辛島さんが同情してくれるって！　有名な日本人の辛島さんが！
おばさん　よかったねえ。聞いてたよ。わめきすぎだよ。あたしゃ証人になるよ。

オカザキ？　僕だって証人ですよ。
ミツコ　……あなた？　え？
オツーブ　まじで！　やったあ！　今なら空を飛ぶことだってできそうだ！　うん！　おいでよ！
よおーし！

間。

オツーブ　でも無理だよ。……僕には空を飛ぶことなんてできない。
おばさん　それは誰にもできないけどね。
オツーブ　まじで！　じゃあ、いっか！　よおし！　おいでよ！
ミツコ　おいでよ、って、なんなんですかさっきから？
オツーブ　だから……わかるだろ？
ミツコ　え？
おばさん　あんた、この子にそれを言わせるんだね？
ミツコ　……？
オカザキ？　処理ですか？　性欲の。

オツーブ （笑）ちょっとお！

おばさん この子は、もう、一年もあれをしてないんだ。まだ、三十歳だってのに。一人ですらできないんだ。

オツーブ やめてよ！ よおし！ やったあ！

ミツコ ちょっと待って？ ちょっと待って？

おばさん できるものなら私がやってあげたい。でも、それぱっかりは、神様が許すはずがない！（土下座）お願いします。この格好は、日本のお願いの最上級だと聞いてるよ。なにも口でとは言わない、手で！ どうか一つ！

オカザキ？ 僕からもお願いします。

ミツコ （たまりかねて）誰なの、あなた？

オカザキ？ え？ オカザキ、オカザキ！ すんごく、オカザキ！ わかるんですよ。僕も男だから。正常なその、性欲を持つ男子が、一年も何もないという、それ地獄ですよ。ね？ それやったら、教えくれるんでしょう？ 仮設領事館の場所!?

オツーブ ……そんな、あからさまな！

おばさん （殴る）あんたにゃ、デリカシーってものがないのかい!? この子は、恥ずかしさで顔を覆う手すらないのに！（殴る）

オカザキ?　ひい！　ごめんなさい！

柵から突然、赤ん坊が出てきて、ガラガラでオカザキ?を殴る。

赤子　バカ！　バカ！　バカ！（小便をかける）

ミツコ　（叫ぶ）たいがいにして‼

間。

ミツコ　やるわよ。……（無理に笑顔を作って）あなたも大変なんですものね。

オツーブ　一生の思い出にするよ！　まじで！　今なら空を飛べそうな気がす……

ミツコ　やめてくれねーか、それ!?（オカザキ?に）あなたの問題は、ひとまず置いとくわ（オツーブの下半身に布をかけ、袖をまくる）。

オツーブ　待てよ。キレイごとはなしだ。脱げよ。

ミツコ　え?

オツーブ　上半身くらい、いいだろ。気分が出ないんだよ。肉親が見てる前だぜ！　男って繊細なんだぜ！　よう。かわいそうだろう？

ミツコ　……オカザキ？くん、カメラ、まわして。

ミツコ、上半身裸（後姿）になる。

おばさん　（厳粛に）乳液を、どうぞ。

ミツコ　……（手で受ける）。

布の中に手を入れ、オツーブを手で慰める。
ドアをノックする音。
外に人だかりの気配。
おばさんがドアを開けると、いろんなおばさんが、いろんな障がい者の息子を連れてなだれ込んでくる。

おばさん2　おばさん！　おばさんちに手でやってくれる日本人の女がいるんだろう！　もののついでだ、うちの子も、お願いできないかねえ！

G太夫、歌う。

〽あたし、昔、舞台で、
主役やったことがある、一度だけ。
激しいチケットノルマ、あったけど、
とっても嬉しかった。
あたしには、夢がある。

おばさん3　うちの子もお願いだよ！　もう、かわいそうでさあ。
おばさんたち　おばさん！
ミツコ　おばさんたち！　……日本人の美徳を教えてあげるわ！　こういうとき、言われなくても一列に並ぶところ！

おばさんたち、一列に並ぶ。
と、思えば服を盗んで逃げる、あるおばさん。

〜いつかまた、主役になれる日には、
スポットライトで記憶を飛ばすの。
夢があるから平気なの。
夢があるから、平気と、思うの。

ラクダハムスタン政治犯収容所。
永野と、丸くなっているトーイとヤギ。
ジャワンガスタン人のわめき声。銃声。
ヤギ、角《つの》を床で研《と》いでる。

永野 先輩、何やってんすか？
ヤギ 角、研いでる。いざというときのために。見ろ、ほとんどナイフだ。
永野 角って、つけはずしができるんですね。
ヤギ （静かに）もう、つけることはできないんだよ。
永野 ……。
ヤギ 逆に、なんでまたつけれると思ったんだよ。

永野　……すんませんした。

トーイ、せき込む。

トーイ　……だめだ。こんなんじゃ。

永野　……トーイ。どうした。

トーイ　ここに閉じ込められてから、もう二週間くらい？

永野　に、なるな。

トーイ　栄養が足りない（起き上がった顔は青白くこけている）……。鞭打《むちう》たれるのはいいんだ。皮膚にオリジナリティのあるマチエールが出るからね。

永野　……何言ってるかわかんないけど、鞭打たれるのはよくないと思うよ。

トーイ　でも、こう、かさついちゃだめなんだ！　僕の皮！

永野　しょうがない。ろくなもん食ってないから。

トーイ　（激しくせき込む）

永野　興奮しちゃだめだ。君は病気なんだから。

トーイ　（起き上がり）僕たちは、なんでここに閉じ込められて、毎日拷問を受けてるんだと思う？

永野　さあ？　嘘をついたからだろうな。どの嘘かは、わからないけど。
トーイ　僕たち、最終的にどうなるの？
永野　わからない。でも、娑婆《しゃば》に出たってそうだろう。最終的に？　死ぬとしか言えない。遅いか早いかの違いだ。
トーイ　違う。死んでからが本番なんだよ（ヤギからナイフを奪う）。
ヤギ　あれ？
トーイ　（刺そうとする）僕には思う天国がある！
ヤギ　お！　（よけて）何すんだよこいつ！
永野　落ち着け、トーイ、天国なんかない。
トーイ　ヤギの血を飲めば、健康な身体になれるんだ。この国じゃ病人は、ヤギの生き血を飲む。だから、ヤギは高く売れる。

ヤギ、トーイをぶん殴る。

ヤギ　なめんじゃねえぞ、おら！　こう見えても大学でボクシングやってたんだ！
トーイ　このヤギ……殴るんだよ。

永野　そうだよ！（ナイフを奪う）今のおまえに勝てるヤギじゃない！

トーイ　じゃあ、代わりにやって、永野。

永野　え？

トーイ　僕に親切にしたいんでしょ？　ここで醜く死んだら、なんにもならない。アンディが帰国するまで、僕は死ねない。

永野　アンディ？

トーイ　政権が戻って、アンディはアメリカから帰ってくるんだ。そしたら僕は誰かに殺されて、アンディ・ジャーの椅子になる。それがゴーゴーボーイの望む天国なんだ。

永野　アンディ・ジャーの、椅子……。

不意に、ヤギが永野を突く。

永野　（わき腹を押さえる）いって！　くそ。

ヤギ　（角を持っている）もう一本あることを忘れるな！

永野　ぎょっ！　完全に角がなくなったじゃないか！

ヤギ　別に、いい！

永野　ほんとに？　心からいいと言えるのか!?
ヤギ　いい！
永野　大丈夫か!?　大丈夫なのか!?
ヤギ　……そんなに、あれか、ないとダメな感じなのか？
永野　……俺はいいんだ！　俺はいいけど！　どんでしょう!?
ヤギ　ちょ、ちょっと待て、え？「どんでしょう」ってなんだ!?
永野　隙あり！（ヤギの胸を刺す）

ヤギ、呻《うめ》いて倒れる。

永野　（狂気にかられたように叫びながら、自分の顔に血を塗りつける）トーイ。血だ。
ヤギ　……永野。

トーイ、うなずき、ヤギの喉元《のどもと》から出る血を啜《すす》る。

永野　……（激しく息をつきながら）そもそも、あんたが、この国にのこのこ来さえしなければ、こんなことにはならなかったんだ！
ヤギ 確かにそうだ。十年前この子にそっくりな、カミーユをそそのかした。しかし、救えなかった。
永野 ああ。俺たちの考えは、甘すぎたんだ。
ヤギ その罪悪感に俺は苦しんでいた。来ないわけにはいかなかったんだよ。俺に巻き込まれてありがたく思え！
永野 ……ありがたく？　そうだな。こんな有様《ありさま》なのに、おかしいね、俺は、少しだけありがたく思ってる。なぜだろう。
ヤギ おまえは忘れようとしただろ。永野！　女優と結婚。お涙ちょうだい本でベストセラー！
永野 ああ。
ヤギ タワーマンションのベランダで神宮の花火大会を見ながらシャンパン！
永野 ああ。
ヤギ シティホテル仕様の、尋常でないほど微調整の効くシャワーヘッド！
永野 ああ。……ぬ？
ヤギ でも、おまえが少年を金で買い、死に追いやったことは変わらない！
永野 ……シャワーヘッドの部分以外、返す言葉がない。ありがとうと言うべきなのかな、挽回するチャンスをくれて。

ヤギ　挽回。いい言葉だ。俺は罰を受けに、この国に来たんだ。じゃなきゃ、二度も殺されるはずがない。

トーイ　（すごく甘く）もう鳴くな。ヤギ。おまえの血は、おいしい。だからもう、鳴かなくていい。

おいしいヤギは天国に行ける。

ヤギ　……初耳だ。なるほど、俺は、捧げものということか。

永野　捧げもの？

トーイ　うぬぼれるな……（冷たく）いけにえだよ！

なぜか、官能的な音楽のなか、ヤギの血を吸うトーイ。

永野　……悔しい。

トーイ　おいしい。

永野　なんか、悔しい！

ヤギ　永野、いけにえってのは、誇らしいもんなんだな。

永野　悔しい！　どけよ！

永野、ヤギにかけより、トーイを跳ね飛ばし、ヤギの血を吸う。

トーイ　そっち⁉

看守1、現われて、

看守1　何を騒いでる？　は？　ヤギの血吸ってんのか？　田舎者が。床を汚すなよ。

看守2、現われる。

看守2　おい、空港が再開するらしいぜ。
看守1　そうか。早いな。
看守2　その第一便で、アンディ・ジャーがアメリカから帰国するんだと。
看守1　ふうん。へえ。
看守2　……言いたかったのはそれだけ。じゃあな。飯、食ったか？（去る）
看守1　……（笑う）なんだよ。なんだよ！
トーイ　……アンディが帰ってくる⁉

〜そのとき、永野は、トーイの目に、
甘い死への誘惑を感じ、

永野 その美しさに……全身を縛られた。

トーイ、看守1に口づけする。

永野 ぎゃああああああ！　やめてえええええ！

飛行機の音。
突然、ミュージカルが始まる。

G太夫 法律が変わったぞ！　我が国の英雄アンディ・ジャーのお帰りだ！　集まれ、美少年たちよ。

アンディ、美少年たちを連れて階段から登場。

〽この国の人間は、まだ気づいちゃいない。

アンディ　そうさ、この僕が帰ってきた意味。

〽ただでさえすごいのに。

アンディ　アメリカ帰り。

〽どんなダサい家でも。

アンディ　この手にかかりゃパラダイス。

〽天下無双のインテリアデザイナー。

アンディ　男の子好きなのが玉にキズ。

〽でも、そうだろ、アンディ、今じゃ国は変わった。
昔は死刑囚、今ではカリスマ。
勝てば官軍、それが正解。

アンディ 特に僕の椅子、これが特別なんだ！

〽世界中のセレブが座りたがる。
アンディ・ジャーの椅子に。
この国に帰れば、最高の皮が手に入る。

アンディ アメリカじゃ封印してた。僕の手作りの椅子。牛の皮、豚の皮、そんなんじゃ嫌。

〽じゃあ、なんの皮？

アンディ それは言えない。

〽じゃあ、なんの皮？

アンディ　だから言えない。

〽ジョニー・デップにデカプリオ、
ケイティ・ペリーにショーン・ペン、
忘れちゃいけないキング・オブ・ポップ。
一度は座りたがった伝説の椅子。

アンディ　僕の手は。

〽日常を魔法に変える

アンディ　僕の脳は。

〽神をあざむく。
こんなときに芸術？
いや、だからこそ芸術。

アンディ さあ、おいで、ジャワンガスタン……オウ！ 失礼！ ラクダハムスタンの美しい男性たち！
一緒にいい匂いのするお風呂に入ろう！

全員で歌い上げる。

アンディ 革命には、ゲイが似合う。嬉しく思います。僕の才能はただ、ひとつ。みんながほんとは見た目よりも、ずっと孤独なんだって事実。それを生まれつき、知ってるだけ。寂しいから居場所がほしいんです。最高の居場所を提供しよう。それが、アンディ・ジャーの椅子さ（歌い上げる）。

G太夫 アンディ・ジャーに大きな拍手を！

去っていくアンディ。
少年たちそのまま、兵隊になる。

G太夫　次は、かわいそうなベティの処刑をご覧ください！　あわれ彼女は、将軍シャー・バランの陰謀で閣僚の座を追われ、天から地へとまっさかさま！

どこかの地下。ガーンと金属の扉が閉まる音。
目隠しをされ柱に縛り付けられたベティが兵士に連れてこられる。

ベティ　シャー・バランの裏切者め！　初めからこうするつもりだったのね！　私がどれだけ、どれだけ、あなたとこの国のために命を賭けたと。虫の病にかかり、我が左手を失い、おぞましき身になるまで。
シャー　命を賭けたというのなら最後までそれを貫き通せ、ベティ。
ベティ　貫く理由がもうない！
シャー　君の作った新政府の法案は、キレイごとだらけだ。
ベティ　当たり前のことを言ってるだけ！
シャー　女子供の人権？　そんなものは、残念ながらこの国の文化と伝統からして、とうてい受け入れられない。閣僚入りして、いっときでも女たちに夢を与えた。それで十分だろ。
ベティ　いっとき夢を与えた……それだけでは終われない。私には日本人の支援者もいるのよ。丸山と、アキ子。私が死んだら、国際問題になるわ。

シャー 丸山とアキ子ね、覚えておくよ。……ベティ、一元的に考えるな。革命には金と人の命がかかる。スポンサーへの権利の還元も革命家の務めだ。

ベティ スポンサー？

ハラーシュとピージーが、銃を持ったビリーを連れてくる。

ハラーシュ 少年売春に厳罰を与える現行法を死守したいんだろ？

ベティ 先進国に少年売春を容認する国があると思う？

ハラーシュ そんなあんたに閣僚入りされては、身銭を切って革命を支援した意味がないんでさ。

ベティ 聞き覚えのある。その下品な声。

ハラーシュ あんたのアメリカ留学の費用を都合した男だ。あんたの弟と引き換えにね。ビリー・ザ・キッド！ 見れないのが残念だが、いい感じに、気持ち悪い踊り子に育った。

ビリー、泣く。

ベティ　……ビリーはもともと気持ち悪い子だった！

ビリー、驚く。

シャー　誤解するな。ベティ。これは、処刑じゃない。
ベティ　茶番だわ。
ハラーシュ　ありふれた復讐劇さ。
ピージー　撃て、ビリー！　自分の名声のために弟を売った姉を。
ビリー　……（泣）姉さん！（ものすごく複雑な手続きを経て銃を構える）
ベティ　ここで私が死んだら、あなたの気持ち悪さが残るだけ！
ビリー　気持ち悪くないし！
ピージー　安心しろ、ボクだってやがて、気持ち悪くなる。
ハラーシュ　やがて？

ベベン！　暗転。

〽それが、結論なのよ。
哀れなベティ、
哀れ哀れなゴーゴービリー……

海辺の音。
上半身裸で、胸を片手で隠したミツコがふらふら歩いて来る。
上空を真っ黒い飛行機が爆音で飛んでいる。

ミツコ　メメクラゲに刺されてしまった。……いや、それは嘘。私の右手は一日のうちに、いいこともしたけど、なんだかすごく汚れてしまったので、シリツをしなければいけない。しかし、その前に仮設日本領事館にたどりつかねば。なにせ私は、妻なのだから。

オカザキ??がカメラを持って、後を追ってくる。

オカザキ??　（さらに元のオカザキでない）ミツコさん！　探しましたよ！　上着な、やっぱり、おばさんの誰かが持ってったみたいです（地図を持ってきょろきょろ）。

ミツコ　あなたの上着は、貸してくれないのね？
オカザキ　はい。
ミツコ　……そう。あなたは、私より自分を捜したほうがいいわよ。
オカザキ??　え？
ミツコ　いつ、落っことしたの？　オカザキ君。落っことし過ぎよ、オカザキ君。
オカザキ??　どうしちゃったんですか？　僕は、僕ですよ。僕以外、僕じゃないよ。あ！　あった！
仮設日本領事館！

荘厳な音楽とともに。
仮設日本領事館の立て看板が光り輝く。

ミツコ　ここだわ！　やっと、やっとたどりついた！

警官たち、現われる。

警官　おい！　通報があった。あんた日本人だな。公然わいせつ罪の現行犯で逮捕する！

オカザキ??　まずいです！　この国じゃ、重罪ですよ！

ミツコ　被害者よ！　おばさんたちに上着を盗まれたのよ！

オカザキ??　そうです！　この人は、犯罪者じゃない！　頭がおかしいんです！　病気なんです！

誓ってもいい！

ミツコ　オ、オカザキ君！

オカザキ??　ここはこれで乗り切りましょう！

警官　来なさい（コートをかける）！　あっちで話を聞こう。

ミツコ　証拠があるわ！　オカザキ君のカメラに！　これも撮って。領事館よ！　領事館と私を撮って！

映画に出たさと、夫探したさ、その狭間《はざま》で、ただただ必死な私を！

オカザキ??　お医者さんを呼んで！


音楽、とともに、踊り。

救急車のサイレン。

瓦礫のなかに、傷ついたトーイとそれを支える永野。

永野　看守め……。トーイ……大丈夫か？

トーイ　お尻が……お尻が崩壊した！
永野　最近、よくお尻が崩壊した人を見る。
トーイ　でも、おかげで出られた。
永野　……ああ。ありがとう。自由だ！

二人、水をかけあったり石をぶつけあったりして、しばらくじゃれ合う。
ワギー、逆光を浴びながら花束を持って現われる。

ワギー　ミスター永野。
永野　ワギー。

ワギー、花束で永野を激しく殴りつける。

永野　なんだ⁉　なんだ⁉
ワギー　花束は、おかえりなさいの意味。殴るのは、早くギャラ払えの意味！　永野がいない間、一人でモチベーション維持するの、どれだけ大変だったか！

永野　悪かった！　悪かった！　でも、どうして出てくるのがわかった？
ワギー　ベティが失脚した。だから、彼女が拘束した人間は、皆、解放された。
永野　え？　それで誰も追いかけてこないのか……（トーイに）てめえ、やられ損《ぞん》じゃねえか!!　思《おも》いっきり善《よ》がりやがってバーカ！
トーイ　……ごめん。

ボロをまとった人たちが大荷物を抱えて歩いていく。

トーイ　あれは？
ワギー　革命軍の粛清を逃れた難民だね。まだまだこれから、どんどん増える。……さて永野。
永野　おん!?
ワギー　落ち着け。いい話と悪い話がある。
永野　なんだって？
ワギー　いい話と、悪い話。さあ、どっち聞きたい。
永野　じゃあ……悪い話から。
ワギー　見くびるな。……悪い話を先にするような男じゃない。

永野　じゃあ、選ばせるな！
ワギー　奥さんの居場所がわかった。
永野　（色めき立つ）ほんとうか⁉　いい話だ！　無事だったんだ。……で……悪い知らせは。
不意に、ボロをまとった男二人が立ち止まる。
男1　悪い知らせは、俺だ！
ワギー　え？　ちょっと。
男たちがボロを脱ぐと、パパジとアンノウン。
トーイ　パパジ！
パパジ　父さんの仇。
アンノウン　うん！　え？
パパジ、トーイに毒蛇を投げつける。

驚いて、難民たち去る。

トーイ　あーっ！　あっ！　あっ！　あーっ！

永野　トーイ!!

ワギー、バズーカ砲でパパジを撃つ。粉々に吹っ飛ぶパパジたち。

ワギー　年下が先輩の話を遮《さえぎ》る！　それ一番よくない！（泣き崩れる）

永野　トーイ……なんてことだ。毒蛇に咬《か》まれてる！

トーイ　（永野の腕に抱かれ、ヤギのナイフを取り出す）死ぬの？

永野　俺のせいだ！　かわいそうに、俺が嘘をついたから。

トーイ　ヤギのナイフだ。皮を剝《は》いで。ミスター永野。僕が死んだら僕の皮を。

永野　な、なんでそんな……。

トーイ　永野は、僕といられる三日間のために命がけで嘘をついて、僕を巻き込んだ。これが、償うチャンスだ！　キレイに僕の皮を剝いで、アンディに送って！

永野　俺は、どうすればいいんだ。答えろ、ワギー。ガイドだろ！　……うわぁ!!

見るとワギー、完全にモチベーションがなくなっている。

永野　こんなに……こんなに一瞬にして人間からモチベーションがなくなるなんて。

バグワン、走り込んでくる。

バグワン　ワギー兄さん！　遅かったか⁉

ワギー　いや、ギリギリ間に合った。

バグワン　レッドブルだ。さあ、ミスター永野！　悪い話の番だ！　へい！　へいへい！　引き継いで悪い話をするぞ！　こらっ！　永野っ！　目をそらすな！　へいへーい！　わるいーはなしーだぞっ！

永野　（泣く）こんなテンションで、こんなテンションで、悪い話を聞かされるのか！

トーイ　怖くないよ……。二人で一緒に、悪い話を聞こう。永野。僕は永野に会ってまだ一度も仕事をしてないだろ。だから、一緒に聞いてあげる。それしかできないから、それを、デートだと思って！

ヒャーっと、笛。

永野　……わかった。デートだと思って悪い話を聞こう。

トーイ　僕をおもちゃに選んでくれて、ありがとう、永野。

明かりが落ちて、永野だけに。

永野　それから私は、ヤギの角のナイフで、死んだ少年の皮を剝いだ。私のガイドは、豚の皮を剝いだことがあるらしく、丁寧にやり方を教えてくれた。私は、一日かけて、キレイにキレイに少年の皮を剝いだ。正気を保つので精いっぱいだったが……いや、もう、正気でないから、こんなことができるのじゃないか？　そう思うと、やけに冷静になり、ナイフを持つ手の震えが止まった。もしかして、愛らしきもののかけらでも、その美しい皮の裏側に隠されてはいまいか？　無心で探しながら。（笑う）それはフィクション。皮の裏に愛を探す？　笑える。もちろん、それは、私がその後、この国のインターネットカフェで一週間で書き上げた小説仕立ての物語のなかに盛り込んだ話。なにしろ私は、哀しいほどに職業作家だ。この話は、事実に基づいたフィクションです——そう結んで日本の出版社にメールし、出版した。その本は、中くらいのヒットを飛ばし、私には、それなりの金が入ったの。それでやっと、髯《ひげ》を整え、スーツを仕立て直して、妻に会いに行こうと思った。トーイと最後に聞いた、悪い話を確かめに。

白の世界。
真中に、白いシーツがかけられた椅子。
車椅子に乗った女性を白衣の男が押している。

白衣の男　奥様、厠《かわや》で化粧をされているらしく、もう少しお待ちくださいね。
永野　……ええ。
女　（ものすごい目で永野を見る）おまえは、また、嘘をつきに来たのか。
永野　……。
白衣の男　気にしないでください。誰にでも言うんです。

盲目の丸山を連れたアキ子、現われる。

アキ子　永野さん？
永野　……あ！　アキ子さん。
アキ子　驚かないで。私たちミツコさんと一緒なの。丸山さん、永野さんよ。

永野　いったい……どういう。

丸山　ベティ殺しの証拠隠滅よ。あることないこと仕立て上げられて、私たち、ここに強制入院させられたの。

アキ子　でも、ここは平和よ。自由がないって、なんて安全なんでしょう。

永野　あなたたち、キレイだったんですね。

アキ子　まあ。

頭に包帯を巻き、キレイなドレスを着たミツコが現われる。

ミツコ　ちょっと聞いてくれる丸山さん？　私が出るはずだった映画、結局、流れたんですって。どういう理由だと思う。作家が大麻所持で捕まったのよ。私、会った瞬間、この人吸ってんじゃないかなーって思ってたのよね、笑っちゃう。

永野　ミツコ。

ミツコ　……あなた。元気そうで、よかった。見て、この病院にいるファンの方からいただいたの。なんと手縫い。ここには私のファンしかいないの（笑う）。

白衣の男　私も、ＤＶＤ－Ｒ、持ってるくらいですから。

永野　素敵なドレスだ。……頭、どうした。
白衣の男　最初のうちずいぶん興奮して暴れていらしたので、やむをえず手術させていただきました。
永野　手術?
白衣の男　大丈夫です。旅行保険に入ってらしたので、それで費用は賄《まかな》えました。経過も良好です。
永野　ふざけるなよ!（白衣の男たちに羽交い絞めにされる）
ミツコ　暴れちゃダメ!　なにも問題はないわ、あなた。そうだ、あるとすれば、私、手術をされてから、うん、不思議なものね、夢をまったく見なくなったの。
永野　……ミツコ。
ミツコ　でもね、夢を見ないってね、すごく楽なのよ。
永野　……そうかい。

音楽。
ヤギたちが、室内に入ってくる。

白衣の男　皆さん。辛島ミツコさんのご主人から、当院に、素敵な家具が寄贈されました。

白衣の男が椅子のシーツを剝がすと、アンディ・ジャーの椅子。

アキ子　まあ、素敵な椅子！

丸山　どこ⁉

永野　触るな！

間。

永野　……いや、すまない。誰でも座っていい椅子だ。ただ、その前に、妻と、記念写真を撮らせてくれないか？　結婚記念日のお祝いをすませてないんだ。この椅子と、三人で。

ミツコ　本物なのね？

永野　ああ。……ミツコ、必ず、ここから出してあげるからな。

ミツコ　……期待してるわ。

白衣の男　笑って！　夫婦でしょ！

二人、椅子をはさんでポーズ。
バシャッとフラッシュ音。
すべての人間がヤギになる。
ヤギの中の一頭が観客を見る。

ヤギ その日、一組の日本人夫婦が、誰にも知られず行方不明になった。

激しいお囃子《はやし》の後、G太夫の拍子木《ひょうしぎ》で終了。
チョーン！

終

あとがき

残念です。

いつもいつも戯曲のあとがきを書くときには疲れ果てているのです。

この出版不況の折り、もっとも売りにくいとされる戯曲本をなぜ、出版していただけるかをお考えください。

新作として書き下ろされ、それが演劇として上演される劇場のロビー。これが、有力な書店と化すからです。

だいたい、私は、自分の新作には出演しております。したがって、だいたい、新作が売られる劇場にいます。で、毎日、サインというものをします。

新作、今見た演劇の戯曲、サイン本。

その、三つの要素が合わさったとき、どうにか、戯曲は「まあ、初期投資費用は回収できる……でしょう」くらいには売れるのだと思います。

それが劇場でなくても、地方の普通の書店に置いてあっても、「あ、これが、今東京でやってる松尾スズキの芝居の戯曲か？　どんなもんかいっぺんくらい読んでおくか。少なくとも舞台見るよりは安いし」くらいの興味の人も幾人か、期待できます。図書館や、大学の演劇部、なども、私くらいに有名な劇作家であれば、購入するだろうし、するべきだとも思います。

なので、新作で、上演中に出版可能の戯曲本は、こうして、なんとか、白水社の恩情を一身に浴びながら、数千冊ほど出版されるわけです。

しかし、上演中に出版ということは、上演の一か月前くらいには、入稿しなければなりません。上演の一か月前、それは、ぜっさん演出をしているときになります。私は、ほとんどの新作を自分で演出する人間なので、そうなるのです。公演一月前……だいたい、10日は稽古をやっています。しかも、私は、ほとんどの新作に出演もしているので、もちろん、稽古もします。

私も50歳を超えました。演出しながら出演ってスタイルに疲れを感じております。いや、キレイな言い方をしてしまいました。ヘトヘトです。

出なきゃあいいじゃねえか？

そういう声もあるかもしれません。

しかし、自分で言うのも何ですが、私も、舞台俳優としてそこそこ動員の数字を持っている男です。50歳になったとき、一人芝居をやりました。そのときは、1万人を動員しました。チケットが1枚5000円としたら、5000万円の興行収入をたたき出したことになります。5000万円プレイヤーが一つの興行にいたほうがいいか、いないほうがいいか、自慢になってしまいますが、答えは明らかでしょう。だからヘトヘトだとしても出てしまうのです。

で、冒頭のつぶやきにつながるわけです。

残念です。

せっかくの新作のあとがきなのに、ヘトヘトでないことが一度たりともないのです。

それでも、「書かなくていいですよ」なんて一度も言われたことがありません。

稽古10日目にして、やっともらえた休みを使って、この原稿を書いてます。正直、一日中ベッドでゴロゴロしたいという餓えたような欲動を抑え込んで机に齧《かじ》り付いています。

「あとがきを書いたほうが読者は喜びますよ」

毎度毎度、担当は言いますが、戯曲を出版しはじめて20年。一度たりとも、あとがきを褒められたことはありません。

担当は、つまり、嘘をついているのです。20年間ずっと。

嘘だけではありません。ケチもつけてきます。

たとえば、今回も校正の段階で、私の書いたト書きに、

眉毛がつながった不穏なおばさんとミツコ、床に座る。

という表現があるわけですが、そこに、

〈不穏な雰囲気のおばさん〉にしては？　と、アドバイスが、書き込まれていました。

いや！　そこは、不穏なおばさんでしょう！

私は、文学作品としてこの戯曲を書いているのであって、ト書きだとても、ときどき、ここは、詩的な表現を用いたいというときがあるわけです。不穏なおばさん、それは、詩です。不穏な雰囲気のおばさん、それは、説明書きじゃあありませんか！

ここまで憤慨するのは、この戯曲は間違いなく私の書いたもののなかでも、屈指の、独創性に満ち溢れた傑作であるし、文学的価値もそこそこ高いものになったと自負しておるのです。その傑作の最後にくっつけるに相応する文章が、気力的な問題で書けそうもない悔しさ。現に愚痴のようなモノを書き連ねざるをえない切なさ。言うなれば敗北感。

それをおまえは、わかっているのかと。

作品で勝利しているのに、なぜ、その最後に敗北をくっつけなければならないのか？　竜頭蛇尾とは、このことではないのか？

そのなんというか、たとえようもないエレジー。

そんなものを作家に歌わせて、よく平気でいられるな、と。

業か？　編集者の業のようなものが、そうさせているのか？

無理やりですよ。無理やり今回の戯曲にその気持ちを並走させるとあれば、ある種の志が、人間のどうしようもない業によって、歪み、敗北していくさまってありますよね。

共産主義とか？

もしくは、今度の東京オリンピックのやる前から腐っている感。

ああいう姿に私は、人間の真性を見てしまうのです。

そして、人間の寿命って敗北したからって終わるわけでなく、むしろ、敗北してからのほうが長い。その長さ。それって、エレジーだな、と思うわけです。

先日、私は妻との間で破ってはいけない約束を破ってしまい、大変なことになりました。

なんというか、私の、人間であるがゆえの、人間らしい地雷を踏んでしまったというような、間抜けな嘘です。まあ、しかし、大変なことになったことに変わりはありません。

妻は言いました。

「あなたが90歳まで生きるとして、あと、37年もある。乗り越えなきゃね……」

突き刺さりました。

その37年という時間、ああ、エレジーだな、と。しかし、これくらいのトラブル、どこの夫婦でも抱えているものです。事実、前の結婚のときは、これの1億倍のトラブルを抱えて、私は、倒れました。

倒れさえしなければ、どこまで負債を抱えても夫婦なのだ、ということを学びました。いや、夫婦そのものが、ある種、人生の負債ではないのか、とすら。

となれば、この戯曲は人生の負債が奏でるエレジーなのではないか。

だったら、多少エレジー感のあるあとがきも、まあ、それはそれで、ふさわしいのではないか。

そう思った瞬間、あ、もう、これ以上このあとがきを書かなくてもよいことに気づいたので、このあとがきを終わりにすることにします。

この本を作ることに関わったすべての方、購入してくれたすべての方に、幸あれ。

二〇一六年六月

松尾スズキ

上演記録

ゴーゴーボーイズ ゴーゴーヘブン

2016年7月7日(木)~7月31日(日) Bunkamura シアターコクーン(東京)
2016年8月4日(木)~8月13日(土) 森ノ宮ピロティホール(大阪)

キャスト

永野ヒロユキ＝阿部サダヲ
トーイ／オカザキ＝岡田将生
バグワン／ピージー／おばさん＝皆川猿時
ベティ＝池津祥子
アキ子／楳図／オカザキ??＝宍戸美和公
ハラーシュ／緒川＝村杉蝉之介
アンノウン＝顔田顔彦
パパジ／ディレクター＝近藤公園
丸山／赤井双葉＝平岩紙
ワギー／似池＝岩井秀人
映画泥棒／オカザキ?＝阿部翔平
ビリー・ザ・キッド＝井上尚
グリズリー・ダイアモンド＝掛札拓郎
ボールボーイ＝高樹京士郎
ワンコインマン＝中智紀
林原瑛愛／CA＝古泉葵
G太夫／シャー・バラン＝伊藤ヨタロウ
アンディ・ジャー／オツーブ＝松尾スズキ
ヤギ／大麻吸う太郎＝吹越満
ミツコ＝寺島しのぶ

邦楽演奏＝綾音
バイオリン＝磯部舞子
キーボード＝門司肇

スタッフ

作・演出＝松尾スズキ
美術＝二村周作
照明＝大島祐夫
音楽＝伊藤ヨタロウ
音楽監督＝門司肇
音響＝藤田赤目
音楽音響コーディネイター＝澤井宏始
衣裳＝戸田京子
ヘアメイク＝大和田一美

振付＝振付稼業air:man
映像＝上田大樹
演出助手＝大堀光威、佐藤涼子
舞台監督＝二瓶剛雄
プロデューサー＝松井珠美、森田智子
チーフ・プロデューサー＝加藤真規
大阪公演主催＝読売テレビ、サンライズプロモーション
大阪
企画・製作・東京公演主催＝Bunkamura

著者略歴
一九六二年生
九州産業大学芸術学部デザイン科卒
大人計画主宰

主要著書
『ファンキー！～宇宙は見える所までしかない～』
『ヘブンズサイン』
『キレイ～神様と待ち合わせした女～』
『母を逃がす』
『まとまったお金の唄』
『同姓同名小説』
『宗教が往く』
『クワイエットルームにようこそ』
『老人賭博』
『ウェルカム・ニッポン』
『ラストフラワーズ』

上演許可申請先
〒一五六-〇〇四三
東京都世田谷区松原一―四六―九―二〇一

ゴーゴーボーイズ ゴーゴーヘブン

二〇一六年七月一日 印刷
二〇一六年七月二〇日 発行

著者 © 松《まつ》尾《お》スズキ
発行者 及川直志
印刷所 株式会社理想社
発行所 株式会社白水社

東京都千代田区神田小川町三の二四
電話 営業部〇三（三二九一）七八一一
編集部〇三（三二九一）七八二一
振替 〇〇一九〇-五-三三二二八
郵便番号 一〇一-〇〇五二
http://www.hakusuisha.co.jp
乱丁・落丁本は送料小社負担にて
お取り替えいたします

株式会社 松岳社

ISBN978-4-560-09407-5

Printed in Japan